U0076139

想把餘生的溫柔都給你。

不朽 文

席慕蓉於《青春》裡寫了一段話：「青春是一本太倉促的書，我們含著淚，一讀再讀。」

關於生命，我們經常託付於時間，只是時間從不曾為誰停留，河流似地靜靜帶走了我們，直至我們驚覺青春不再，我們已是另一個自己。

然而，時間仍是眷顧我們的，它在時光的狹縫中留下了珍貴的眼淚與歡笑，也留下了無價的幸福與哀愁。關於青春的憂愁與困惑，無論過了多少年，相隔多少個世代，歷經多少悲歡離合，它們的樣貌雖不同，本質卻都是一樣的。

關於朋友，關於家人，關於愛情，情感裡的瑣碎與複雜，這些友情、親情與愛情的複雜方程式，無論經過多久時間仍是謎題。

關於青春的許多疑問，人們總是來不及問就長大了。長大後，偶有幾個瞬間，我回首看曾經的自己，我們同情自己，憐憫自己，愛自己也恨自己，那些糾纏不清的情緒，那些難以割捨的過往，只因其中有著我們深愛過的某些人。

若餘生能有溫柔，若我們還能愛與被愛，也是因為曾經有過他們，有過我們愛過的他們，有過他們愛過的我們，於是我們含著淚，一讀再讀，只為讀到心底的那片風景。

不朽寫的即是我們的心底的那片風景。

——劇作家 陳曉唯

目錄

關於愛人

關於失去

關於時間

關於餘生

關於自己

關於青春

青春的模樣，
總是最平凡卻最閃亮。

那一年的夏天，整個城市都在討論著電影《小時代》，四個女生間的青春故事，經歷愛恨情仇，橫跨整個讀書的時期，背叛欺騙，生老病死，再一起共患難見真情。也有一段時間，最美的那一年，身邊的每個男生朋友都想著一個沈佳宜，想要一場轟轟烈烈的愛情。再再後來，城裡的人都討論著林真心和徐太宇，青春的風填滿了城市裡的每一條街。每個人都憧憬著那些絢爛的青春，像是電影裡的那些臉孔——熱血、奮不顧身、義無反顧、叛逆、陽光與汗水，承載著年少時候最單純的夢想。主角們在滿溢陽光的天空下並排，臉上是純真的笑容，畫面就此定格，像是拿起相機把最精緻的一幕從生活中裁剪下來那樣，永遠最美、最閃亮。

一如既往是下課的那條路，鈴聲驀然響起，就有同學衝出課室，大家開始紛紛擾擾，學霸們會去找老師討論下課前最後一道題的答案，嗯……那絕對不是我。班裡有些男生則是成群走去操場組隊打籃球，有些人會站在四樓的走廊裡偷看他們，有些人收拾書包去參加接下來的課外活動，也有些人就像我一樣慢吞吞地收拾，再慢吞吞地離開課室，回家。

那時候總是在想，為什麼我的青春不像他們的那樣多姿多彩，反而那麼沉悶，每天上課下課回家寫作業。如果說那一段歲月是一張空白的紙，青春是畫筆，我想我的那一幅畫上面，並沒有線條絢爛的痕跡，反而更多的是樸素無華、安之若素的平靜及安穩。

怎麼樣的青春才算是青春，那麼，青春的定義又是誰去下的呢？

我相信大部分人的青春或許不會像是電影那樣，誰與誰的爭執和背叛，勾心鬥角，和最好的朋友愛上同一個人，被霸凌、被欺負和排斥。所有的刻骨和銘心都來自最青春的那一段，擁有如芒在背的盛夏，各樣的夢揮霍著、碰撞著；比起笑容，更多的是淚水，遇上這輩子最喜歡的人，也種下一輩子都忘不了的遺憾，冬溫夏清，日暖花繁，賭上所有的喜歡，去經歷一場此去不再的花季。是嗎？我始終相信，大部分的人的青春都並不是這樣的。

過了很久很久以後才發現，充塞著關於青春的記憶，並不是那些花開尤盛的燦爛，也不是衝撞過後的滿地狼藉，而是那些細碎的日子，可能是每天都在經歷相同的事情——上課和下課，是每天都會走兩遍的回家的路，長長夕陽裡映照著自己的身影，可能是那輛陪你走了好幾年的腳踏車，也可能是那套殘舊微髒的校服，是班裡那個靠窗的位置，或是那個在走廊上遇到卻一直未敢抬頭迎接目光的臉孔。

是這些，充斥著屬於我青春裡的所有記憶。

如果說那些跌跌宕宕的青春是海，會掀起大風大浪，會讓你遇溺垂死，會攻城掠地帶來傷害，會讓你一夜之間長成大人的樣子，會讓你挫折和氣餒，甚至是恐懼……那麼，那麼，樸實的青春像是湖吧。

不會有滾滾濤濤的浪潮，不會掀飛渾沌的海嘯，不會浮蕩著深沉未知的荒島，可能也未必能拉扯起什麼起伏的心情和天氣，它只是平靜安然地存在於青春時期最漫長的那段光陰裡面。甚至也不再能勾起那些日子裡的點點滴滴，但是無可否認，承載著我們最悠長青春的日子，是如此平凡又可貴的小日子。

吶，你還記得那些舊時光嗎？

就在悠然的午休，應該是四月、五月之時吧，微風送來已沒有一絲寒冷的氣息，反而是清晰而明亮的蔥綠，耳邊是聒噪的幼蟬孜孜不倦的叫聲，和操場吵吵鬧鬧的同學們充斥整間校園，一整片綠得發亮的樟樹映出大片沉默的影子。白朗的晴空下，有人坐在長椅上靜靜地睡去，有人三五成群在操場上揮灑著汗水，幾個閨密窩在一塊兒說著那些美好的心事；鐘聲緩緩地響起，同學們會漸漸回到自己的課室，那曾是銜著所有夢想和盼望的地方，校園回復空無一人的寂靜，那一抹默然的陰影持續了持續了好幾個夏季。那裡有你最喜歡的角落，最喜歡的時光，還有著你曾經最喜歡的人。

還記得那些被考試擠壓得喘不過氣來的日子嗎？每個人都需要經歷一段這樣的年生，被習題和試卷堆滿的書桌和抽屜，左手抓著凌亂的頭髮，右手拿著自動鉛筆，嘴裡碎碎唸著長長密密麻麻的題目，上一份考卷是大字紅色的四十九分，課室裡殘舊的風扇會吱吱作響，分數和老師的目光像是一扇淩厲的耳光，每個人都埋頭苦幹，力氣和精神漸漸抽絲剝繭地渙散，肩膀承受著那小小年紀難以背負的期望和重任，教室裡安靜地剩下微薄呼吸的聲音，當你閉上眼想要逃走，想要掙脫這樣夢魘和捆綁，然而一睜眼，所有眼花瞭亂的文字，考試的內容或公式便排山倒海地傾來，天翻地覆，沒有盡頭。

或是那樣的午後，教室裡的人漸漸離開，夕陽把人們的身影拖得狹長，落了一地的碎金。男生筆挺的校服和女生柔軟的裙擺，千篇一律的校鈴，那天是誰炫耀著買了新的書包或髮夾，下課之時總喜歡湊在一塊一起去洗手間，課本裡頭滿溢著那些不能讓別人發現的心事和塗鴉，那時我們上數學課一起傳過的紙條還被我收藏在記憶的扉頁裡；校門口那家我很喜歡的奶茶店，同桌的妳每天都皺著眉頭說我每天都喝實在太不健康了，卻在畢業前的那天偷偷買了兩杯奶茶，從不喝奶茶的妳，對我說：「吶，我要和妳一起喝奶茶。」

屈指可數的幾個盛夏，暑假之前把學校的課本都搬回家，又一年了，每個人都抱怨著沉重的假期作業。在那些夏裡面，颱風來了好幾次，是一個漫長又陰悒的雨季，那條洗了很久的牛仔褲掛在窗外永遠來不及乾，從假期前說著要完成的目標，直到夏天隨著頭頂那幾聲巨大轟隆隆的雷聲而遠去，仍然未曾開始實現。雨淋炎朗，朝夕生燦，倒數著開始上課的時間，轉眼間，作業沒做完，書還沒開始讀，日子就被揮霍過去，要升高三了。那時才恍然已是高中最後一個暑假，許多的懊悔來不及舒展，時間已經滾滾而來，光陰已經滾滾而去。然後是高三，更多的作業，更多的考題，更多的疲憊和徬徨、失落和自責，那是最難熬的時光吧。

被風吹散的天空，在長大以後，你都還記得什麼？真的是很細碎的片刻，甚至很多時候，我再也回想不起來，我們當時聊天的內容，喜歡過的人，一起做過的傻事，蹺過的那些課堂，睡了多少節沉悶的數學，再也回想不起來，我們經歷了多少個盛夏，說過多少遍「明天見」的話；當時，我一度以為這樣習以為常的日子會一直持續下去，甚至我一度厭倦那樣的時光，緩慢而龐大，像沒有起伏動盪的沙河，不曾注意到一粒沙的流動。

然而。

生生如年，歲月如歌。

那些沙漏成了一片汪洋，那座城池已漸漸乾涸，青春從指縫間流竄逃走，我從未想過，那時我未曾珍惜的時間，是往後再多的日子也拼湊不回的失落沙洲。

原來，我們總是忘記的太多，而銘記的太少。

每個人都會經歷一段這樣的韶華，在往後數十年的歲月裡，一直懷念著那被精緻的裁縫刀剪下來的一段，每一張鑲在相框裡的舊照片都熠熠生輝，笑得絢爛如光，驕陽似火，輕輕暈開那些美好純真的故事，對於那些時期裡的自己，最好的故事，最好的時光，最好的天空，都被安放在名為青春的裡面。

再也不可能回去了，我們都知道的。

那麼，在還能夠擁抱青春的時候，不要糟蹋了那些最平凡、最淡然的小日子，那些時光，是你回頭看，最最懷念和不捨的惦念。

那些最不起眼的日子，最後都成了閃閃發亮的印記。

「原來，我們總是忘記的太多，而銘記的太少。」

失去的那些年，
都讓我們好懷念。

／ 將這篇獻給佔據我青春的摯友阿恩，我很想妳，從來沒有改變。 ／

從沖繩回來的這幾天，生活重新回復濕黏黏的模樣，像是從清澈的海洋突然掉進濃稠混濁的沼澤裡那樣，動彈不得又無法抽身。不知道怎麼定義這段出走的時光，那個時候我總是想著也許離開的人都是為了能夠更好地回來。

「你的世界裡是否還有我。」

收到她傳來的訊息是在沖繩的旅程上，車上播著五月天的〈好好〉，她發給我的照片是我離開香港、離開她、離開所有曾經的那一年在台北寄給她的聖誕卡片，上面寫著「我們可以打打鬧鬧、笑笑跳跳、說說聊聊一整夜，我們可以手牽手、吹涼風、數星星、曬月亮，我們可以緊緊相擁哭一哭，把這年的傷心委屈流光光。如果你在，我常常想。」那是第一年沒有她的聖誕節，我記得天氣特別的冷，走在台北的街上，偶爾不知道自己該往哪裡去。

已經多久了呢？已經過了好幾個年頭了。

〈那些年〉裡面有一句這樣的歌詞：「到最後回首才發現，這世界點點滴滴全部都是你。」看完電影的時候我淚流滿面，想起的第一個人並不是我青春裡的初戀，而是她，一直是她。點點滴滴都是她的身影，從來沒有變過。每個好的日子和壞的日子，一直都是她在我身邊。

我跟她說，我開始不斷地困惑著念舊這件事的本身是好是壞。總是想起有她的日子，我們曾經有著大大的夢想，說好要奔赴同一個未來，說好踏遍四海八荒，說好一起到老，說好怎麼樣變好，說好一起實現那些遙遠的未來。那個時候我們總說著日子很多，未來還未來，永遠仍然太遠。世界很小，我們的青春裡滿滿都是彼此的身影。

我想起每天一起上學的我們，想起那個時候我總是遲到，她總是等我。後來我們因太過熟悉對方，明白對方的脾性，我們會一起遲到，卻又在同一個時間坐上同一列車，在車上重逢的時候會心一笑。

我想起人們口中所談及的我們，像是雙生兒一樣的我們。當談論起她就會想起我，當談論起我就會想起她，一個是中文人，一個是英文人，想起我高考的時候她和我一起背英文單字，想起自己怎麼教她寫作文。

我想起我們做了很多瘋狂的事情，想起一同走一個多小時的路回家，想起那家我們愛喝的珍珠奶茶店，想起天黑黑的時候坐在她家樓下聊天，想起我失戀的時候在她的懷裡痛哭，想起我們一起翹掉體育課去看電影，想起無論什麼事都有她在。

我想起了我們的夢想，我和她說我要當一個作家，寫出好多好多的故事，寫一些感動自己的文字。我們會一起走到咖啡廳，那時貧乏的我們喝不起星巴克，所以窩在McCafe裡坐一個下午。我想起她寫字很漂亮，總是賴著她讓她幫我整理小說的情節，她熟悉我每個小說裡的人物，每當湧出澎湃的靈感時都想要第一個向她分享。我想起她說過要環遊世界，想當空姐，想要到世界各地，想看看這個世界有多浩瀚偉大。

我想起我們說要一起生活，她負責煮飯，我負責洗碗，她出國的時候我在家打掃整理，在家裡寫著文章等她回來。我還想起當時幻想著彼此未來男朋友的模樣，說著以後一起去情侶旅行的約定，說著一些很美好的承諾；我們想像著未來家的模樣，各自逃離各自的家，擺脫家的鉗制，擺脫那些綑綁，我們說那未知的未來都要有彼此的存在。

她是我專屬的依靠，她是蒼白的青春裡唯一的煙火，她是強大堅固的避風港，她是我的海岸。

你和我背著空空的書包
逃出名為日常的監牢
忘了要長大
忘了要變老
忘了時間有腳

我說，有時候我不知道這樣懷念過去是好還是壞。

後來我不太敢隨便地想起那些往事，偶爾不小心走進存放在過去裡的盒子，打翻那些我努力封存的記憶，也總是會紅了眼眶。可能是太過於頑固，太過於執拗，有一種錯覺，讓人以為還可以回去，好像即使到了現在，只要決絕地不走進未來，就能實現那些曾經的諾言。

多少的日子過去了。想起離開香港的那一天，她人在國外沒辦法送我離開，她傳了訊息給我，沒有多說些什麼。那個時候我想我們都知道對方心裡的話，沒說出來的我想她都懂得。我記得另一個跟我們很要好的朋友那天在機場抱著我流淚，我不敢看她的眼睛，走進離境大廳的時候也不敢回頭，那天她寫著：「今天送走你的時候，真的無比難受，進大學以前的回憶在腦海中浮現，原來我們都長大，要分開去尋覓各自的理想。」

曾經這六年來，我們天天見面，時間對於我們來說很渺小，即使跨了多少步，明天還是可以見到對方。離別從來不是什麼一回事，因為我們總會相見。

可是從那一天起，明天突然變得好遙遠，我們再也不是一個地鐵站的距離，也沒辦法像以前那樣，朝夕相對；我再也沒辦法出現在她們的生活裡頭，我們自此在軌道上出了岔。忽然發現原來我們要去的地方不一樣，原來離別那麼痛，而痛在我們那麼無能為力。

可能當時的我們都不怕告別吧。

你和我曾有滿滿的羽毛
跳著名為青春的舞蹈
不知道未來
不知道煩惱
不知那些日子會是那麼少

後來我們都在用各自的方式努力地生活著，有著各自的夢想和目標，有著各自不同的生活圈子，有著各自想要去的地方。兒時說過的諾言變成了一種紀念，後來我們沒有再說起，可是我知道我們都沒有忘記，那不是謊言，而只是因為錯過了時間而來不及實現的未來。她在從美國寄來的明信片中寫道：「有時候我看著你的生活，會覺得你變了好多好多，可是，當我們重新聚在一塊，我發現你仍然是你，還是那個我那麼熟悉的你。」那個時候我就寫下，無論我們變成什麼模樣，都還是自己的樣子，希望後來有一天我們講起曾經的自己時，都能很驕傲地說，「我沒變。」或是「是的，我變得更好了。」

我們都要把自己照顧好
好到遺憾無法打擾

「你過得好嗎？我很想你。」
「我們都要好好的喔。」
「願你好，願我們都好。」
「我很想你。」
「如果你在就好了。」

我曾經在一本書上看過這段話，「當我失意難過的時候，想起這個世界上某個角落有你的存在，我就願意承受這一切。你的存在對我很重要。」

我傳給她看，我說你要好好的。

是的，因為那些過往太有價值，太有價值到要往前走，對過去心存感激地往前走，我們辜負不起曾經，也辜負不起那些散落的夢想。所以親愛的，我們都好好的，好好地活著，好好地記著，那些美好的事情。

這樣就夠了。

＊歌詞節錄自五月天——好好

「當我們重新聚在一塊，我發現你仍然是你，
還是那個我那麼熟悉的你。」

謝謝你，
出現在我衝撞魯莽的青春。

1

那是一抹擱置在久遠記憶裡的臉孔。

一直被放在回憶的盒子裡面，像是處於迤長的走廊深處，那一點點的微光在黑暗裡模糊了視線，它一點一點地暗淡下去，一點一點地被夜色溶解，一點一點地被歲月淘洗，離自己越來越遠，像是緩緩風乾的雨痕。

記憶是濃稠的。

尤其是關於你的記憶，更是讓往後的日子都隱隱回聲，顯影成形。

應該是一個平凡得不能更平凡的午後，甚至連天空的雲塊都重覆著相同的形狀。我想那應該是春天吧，不然陽光也不可能那麼柔和，那樣的日光貫穿了整間充滿梧桐樹的校園，傾瀉一地濃綠的樹影，你在那樹下悄悄地酣睡了起來。我身後是明亮的白光，我朝你走去。當時我並沒有想過，這樣溫暖的畫面，竟會一直不停地、頻密地出現在未來的記憶，彷彿是一個記號，關於青春的記號，就好像所有的青春都是從那裡開始的，然後蜿延地蔓延下去，沒有邊際。

2

我還在為明天的歌唱比賽而煩惱，彩排的時候才知道錄音帶故障，出了點問題，所以無法正常播放。我著急得很，但已經沒有時間再去準備新的錄音帶，心急如焚的我只好找同學幫忙現場伴奏。可說實話，也就只剩下一天的時間，我去哪兒找人來伴奏，即使找到了還得去找譜子，即使都找到了，還得要練習。

當時我想，要麼就清唱，要麼就別去了吧，免得丟人。

顏兒那時就和我說：「你試下去找二班的許諾吧，這次歌唱比賽有二十幾組都是他伴奏的，搞不好他會答應幫忙。」

「叮」一聲，腦裡炸起了一個聲響，等會兒，等會兒，我好像知道這個人，但我不認識他，更何況他也不認識我，他怎麼可能會幫我……

「哎呀，你就去試試看嘛，走，我陪你去。」顏兒拉著我，走向操場的另一端，天色漸漸轉暗，陽光又再柔和了一些，樹葉的剪影覆上一抹毛茸茸的光暈。

他在樹下睡著了，校服襯衫的鈕扣被他解開了，微微地沾濕了汗水，明顯是剛剛打球的痕跡。那些渙散的光線穿透他的髮梢，照射在他黝黑的皮膚上，他稱不上帥的那一邊，卻擁有著意氣風發、神采飛揚的溫暖，在明滅的黃昏裡有著煞亮的光芒。

世界驀地變得靜謐。

直到我走近他，我的身影替他遮住了光線，映著操場上一抹頎長的影子，他緩緩睜開眼睛，模糊地看著我，我想那一刻他也許沒能看清楚我的臉，反光的角度只看見我的影子，映在那昏溶的暮色裡。

「那個……明天的比賽……你能幫我伴奏嗎……」我怯怯地問，其實心裡也沒覺得他會答應，但他開口的第一句就對我說，「好。」

我怔了一下，他坐了起來，問我：「那你有譜子嗎？」

「……我晚上回去上網找找看。」

「那你明天早上給我。」

「嗯好，謝謝你。」

「沒事。」

他又躺下了，其實我心裡滿滿問號，比如，他真的來得及練習嗎？我們真的可以在半天之內互相配合比賽嗎？他怎麼能那麼淡定？他為什麼會答應呢？他甚至連我的名字都不知道吧？他二十幾組的歌都練好了嗎？等等等等。但最後我就只是乖乖地說了一句：

「謝謝你，明天見。」

「好，明天見。」他說。

那時的我不知道，這一句話將是我在未來高中的三年以來，最歡喜的一句話，彷彿所有的盼望還有溫柔都寄予在這句話裡面，對於明天的未知，對於未來的遙遠，都濃縮在「明天見」這句話裡，因為那樣我便能期待——明天有你。

第二天的早晨，我前所未有地提早到了學校，趁同學都還沒到齊的時候，跑到了他的教室。教室裡只有寥寥可數的幾個人，我問了問其他同學許諾的書桌在哪，那人指了指靠窗的位置，那裡有個男生趴著睡覺，桌上堆了好幾十份的譜子，我想那應該就是他。本來想要在他到校之前把譜子放在他桌子的，不知道為什麼看著他就覺得有種異常尷尬的情緒在骨子裡浮出來，這讓我感到非常不自在。所以打算在不吵到他的情況下，把譜子悄悄地塞在那堆譜子裡頭。

顯然是不成功的，我一走近，他就醒了，他接過我的譜子，看著我然後說：「午休的時候來找我一下」我回說好。

午休時，我和他去了音樂室，在空無一人的空間裡，我站在離他不遠的地方，凝視著他彈鋼琴的樣子，又浮起了初次見他那溫暖寬柔的感覺。那就是他給別人的印象，不像七月伏天的太陽一般滾熱熾盛，反而像是春天的陽光，溫度微微地傾注，微風動葉和繁花開落都仰羨著的日光，朝夕生燦。

也許這麼形容一個人，有時會過於浮誇和虛假，但對於一個十五歲的女孩而言，生命裡大部分美好的事物都在那樣春歸夏近的日子裡浮生，所有對於未來的想像和夢想，以及籠括在裡頭的，他。一次，兩次，三次。這首歌他彈了三次，就把它完整地彈了出來。

那時也沒有多想什麼，其實也不能多想什麼，甚至你其實也不知道心裡那種躁動的感覺是什麼，但確實有什麼在心裡攪和著，還沒學會所有的情感，所以難以區分當中的成分，是喜歡嗎？是憧憬嗎？是崇拜嗎？我分不清楚，但是這樣的感覺一直從心頭上燦開來，像是一滴墨水落進了清澈的湖，沒有太大的波動，但有什麼正在推擁著，散開，水聚成川。

上台之前，我看了看他的臉，沒有絲毫緊張，不像我連手都開始抖了起來。那時，他衝著我笑了一下，用嘴形說了一聲「加油」，我點了點頭走上台，而過後的一分多鐘裡，我記不起發生什麼事了，如何把歌曲唱完又如何戰戰兢兢地走下台，那天的記憶都停留在那裡——

結束時我走向他，他輕輕地摟了我一下，我愣住，他拍了拍我的頭，說：「你唱得真好。」

記憶都停在那裡了。

如果確實有什麼的話，應該是從那裡開始的吧。

所有情愫也許就是從那一刻開始在浩大的田園裡埋下了一顆溫爛的種子。

3

那是你還不知道什麼叫做喜歡的年紀。

甚至在說出「我喜歡他」這句話的時候，我仍然不明瞭什麼是喜歡，只知道自己非常地喜歡，那個男孩，笑起來有點傻，站在陽光裡面比陽光還要溫暖，做事充滿自信，有點吊兒郎當的稚氣，但在他摟我的時候，又有點成熟的勁力和溫柔如水的目光。

也許就是因為什麼都不懂，所以更教人義無反顧。

因為在那最懵懂的年生裡頭，你不知道什麼是傷害，不知道什麼叫做離別和不捨，不知道什麼是失望或失去，你只知道喜歡就是用力地去追，喜歡就是付出，喜歡就是守候。

我想每個人的生命裡也許都會有這麼一個人，他在歲月裡也許沒有贈你笙歌，但你卻願意為他遮炎擋雨，願意為他跳進火焰，願意當他的飛蛾為他撲火。

就在我和顏兒說「我好像喜歡上許諾」這件事之後，沒過幾天，幾乎每個班級都知道這件事。我差點被她氣到吐血，我怎麼可以忘了，自己的好友是個管不住秘密的人。而在那一個禮拜裡，每天都想逃學，想要逃避所有人向我拋來曖昧的眼神，在學校的每分每秒都想找一個洞鑽進去。

而就在消息傳出去的幾天之後，我接到了他的電話。

我整個人都是驚愕的，完全反應不過來，甚至連他確實跟我說了些什麼都不記得了。

從那一天起，往後的每一天，我都會接到他的電話。

有一次我問他：「你是怎麼拿到我電話的？」

他說：「是顏兒告訴我的。那時我就知道你喜歡我。」

我差點被自己的口水嗆到。

「對啊，我是真的喜歡你。」

「我知道。」

這就是人們口中的曖昧期吧。

所有人都認為我在「倒追」他，乃至到了我和他在一起之後，他一直那樣堅信著，但我心裡總覺得也許他當初打電話來的時候也有那麼一點點喜歡我吧。

那一年夏天，天氣特別悶熱，空中的小鳥不停徘徊，飛了一個夏季。在臭味的汗水中，還是能清晰找到青春的味道。

球場上，與地板摩擦的腳步聲，來來回回，籃球在空中飛快地交傳著，一個身影猛然轉身，籃球「嚓」一聲鮮明直接地穿過籃網。

汗水就這樣揮霍在那不知好歹的熱血中。

我總是喜歡坐在場邊看著他打球的樣子。

也就是那一次，朋友問他場邊那個幫你拿著毛巾的女孩是誰。我怔怔地抬頭看著他，他看一看我，又露出了溫暖的笑容。

他說：「我的女朋友。」

十六歲，陽光，校園，還有初戀。

4

從那時起，我的青春以及他的青春被編織在一起。

他在學校算是風雲人物，各個年級的人或多或少都認識他，而相比起他，我卻是不怎麼起眼，被人稱為「許諾女朋友」，這個身分仍然是我高中裡最愛的一個角色，最沒有怨言、最嚮往、最疼惜的一個身分。

一直以來，在這段感情裡面，我想我都是比較卑微的一方，也許因為是我「倒追」他，也許是因為他在我心目中的形象實在過於完美，也許因為那時他之於我有著光一樣的存在吧。所以當眾人談論起我們的時候，我都是付出較多的那一方。

對他好，記得他所有喜歡和不喜歡，默默地站在他身後，或許是當時的年紀太不成熟，誤以為努力就不會錯過，付出就會得到更多；也許是處於不知道什麼是愛、什麼是喜歡的年華裡，總是想盡辦法變成對方喜歡的樣子，因而無盡地卑微。

要到了很久以後的今天，才能這樣想起，有那麼一個人在最兵荒馬亂的時光裡支撐著搖搖欲墜的我，是件多麼幸運的事。

比如，在被班上男生追求的時候，他會站在我面前說「你能不能離我女朋友遠一點」這樣的話。在那之前，我完全沒有想過對所有人都十分友善的他，有一天會說出這樣的話，當天回家的路上，我問他：「你是不是吃醋了？」他別過臉悶悶地說：「才沒有呢！」我在他看不見的地方，悄悄地笑了起來，像得到一顆肆甜的糖果似的，歡喜極了。

比如，在學校偶爾會看見桌上放著我愛喝的檸檬茶；還有那些他等我活動結束的午後，姍姍來遲的那句「一起回家吧」。

比如，在陪他練習鋼琴的日子，聽不懂古典音樂的我會和他坐在同一張鋼琴椅子上，兩人背靠著背，我輕輕地閉上眼睛休息，感受穿透玻璃窗戶篩射下來的夕陽光芒，靠在他結實的肩膀，感受他用心去彈奏一首歌，流光雍容。倘若有人能把當時的畫面剪裁下來，肯定是一幅燦若霓裳的溫柔畫作。

比如，總是丟三落四的我會忘了去圖書館歸還借來的書，明明已經過了很久都沒有收到還書的催促通知，卻在某次不經意發現，是他記住了我圖書證的號碼，總是悄悄地替我一次又一次續借書本。

比如，那個時間被定格的傍晚，就在我家附近的轉角，他低頭凝視著我，一股燥暖的氣息倏地靠攏。我忘記了言語，失去了可以動彈的力氣，臉頰是微風略過的痕跡，嘴唇卻覆上了一層柔軟輕盈的觸感，所有的光線都被他的眼神奪去，只剩下渾濁的光暈晃過視網膜，還有他冰涼的手撫著我臉蛋時的溫柔。

一切的記憶都恍如縫隙裡的沙子，因為太過於細碎而讓我總是忘了它們的存在。但歲月一晃，你會發現，原來我們一直想要用力緊握那些巨大而斑駁的東西，像是理想或是對未來的盼望，成功和榮耀，都不如那一年那一天那個少年牽起我的手帶我走的那一段路。可是到了許久以後，回到當初記憶的場域，卻再也撿不起最初的那些沙粒，它們已經被年月埋藏在最好的一段時光裡面。

而我，走不回去。

5

所有的美好都被碾碎了。

十七歲的那年冬天被關在房間，失去了可以跟外界聯繫的途徑，即使這樣，面對母親的質問，我仍然能夠從容不迫地回答：「是的，我喜歡他。」

當然一切都是要付出代價的。

我失去所有可以跟他相處的時光，被母親緊緊地鉗制著，以愛為名將我束縛在家裡，我失去了可以飛翔的翅膀，也失去了那個牽著我、陪伴我一路前行的人。

因為晚了五分鐘回家而被抽一記耳光的我，倒在地板上死死地瞪著母親，對她大吼：「我就是喜歡他！我就是要跟他在一起！」那個奮不顧身的我，為了一份稚嫩的感情而背對著整個世界的我，倔強又義無反顧的我。

我聽見碎裂的聲音，那是被大人踩碎的夢想和盼望，被沒收了當時最純粹的情感，剩下我孑然一身留在那個暗無聲息的房間裡，企圖抓取離散一地的碎片。但它們碎得太過徹底，那些拾不起的碎片，仍然銳利，割進皮膚的深處，我彷彿能看見從細小缺口滲透出來的血絲，如同蜘蛛網般蔓生開來。

這樣的日子幾乎塞滿我高中後半段的生活，每天按時回家，不能有任何課外活動，不能出門，不能打電話也不能用電腦，面對著偌大的四面牆壁，只能周而復始地溫習。窗外是鈷藍色的天空，我埋頭做著一份又一份的考題，偶爾抬起頭來會出現那些密密麻麻的文字幻影，還有記憶中他溫暖的臉，頻繁地出現在那一段荒唐的時間裡。

「對不起，我不能陪你一起走到最後。」

那是他發給我的最後一條訊息。

在每個晨昏不辨的日子裡，我讀了一遍又一遍，嘗試在字語行間裡找尋一絲絲的蜘絲馬跡，試圖幻想他顧盼不捨的語氣，想像他悲傷又輕柔的眼神裡有我的影子。
而這份信念，堅持到我經歷完焦灼如土一般的高考，持續到畢業。
我想一定是這樣的。只要撐過考試、撐過年月、撐過這些現實，總有一天我可以重新跟他在一起，他還會像當初那樣牽起我的手，在那個轉角低頭給我一個深情的吻。這樣的信念，支撐著我熬過最孤獨、最隱忍、最頹圮的高三，那段紊亂又不知所措的時光。

6

他的模樣永遠停留在十八歲，那樣讓人傾盡目光，那樣溫暖地發亮，像極了初次見他的那個午後，他睡在梧桐樹下，慵懶卻明亮，張狂卻不失溫和的樣子。
那一抹笑容，往後的日子我就再也沒有忘記過。
謝師宴的晚上，他依然是萬眾矚目的鋼琴手，我站在台下，看向穿著西裝的他筆挺的模樣，像極了我第一次看他彈琴時的場景，清透如洗，我自始至終都是那個從遠處眺望他的人，陽光下的少年，白色衫衣，而他始終不屬於我。
時間的確殘忍，它不僅硬生生地磨光了你所有的稜角和衝動，還沖淡一切奔騰灼熱的情緒，所有驚慌失措和少年輕狂，都被這場大雨洗刷得一乾二淨。我站在時間的長廊裡，措手不及地失去。

最後一次和他說話。

「你要好好的。」

「你也是。」

「再見。」

「再見。」

這樣猝不及防地與他道別。

像坐在列車上看著窗外飛過無數此起彼落的風景，無數個場面，無數個和他在一起的情節，都像是快轉的電影般白駒過隙，被歲月狠狠地拋在身後。而我被推向未來，只能回過頭去看那些與我漸行漸遠的青春，向它們啞然告別。

後來，有人問起我一些不切實際的問題，「如果給你一次機會，你會回到那段日子嗎？」

我說不會。

你知道嗎？我已經把最美好的我們鑲在閃閃發亮的相片框中，並且放在那段時光裡，而那樣的我和那樣的你，不會重新來過。

這是我最後一次寫關於你的故事。在這裡，我要徹底跟你告別，跟我的青春告別，跟那個稚氣輕狂的自己告別。這是最後一次，把你寫進我的故事裡了。

7

我想我永遠都會記得，初見你的那個午後，婆娑的梧桐樹下，記憶裡的那一幕永遠沒有盡頭，好像一直走就可以走完一輩子。渙散的暖陽把我們的影子拉得很長很長，長到我一生都走不出去。

餘生裡，我依然感謝，十六歲那年，自己義無反顧地愛過那個少年。而同樣地，那個少年也這樣地愛過我。

謝謝你，出現在我懵懂的青春。

謝謝你，溫暖了我魯莽的青春。

謝謝你，佔據了我全部的青春。

「我被推向未來，
只能回過頭去看那些與我漸行漸遠的青春，
向它們啞然告別。」

青春是一首
後知後覺的詩。

1

有一些人存在，也僅僅只是存在著，就能夠溫暖你整個宇宙的寂寥荒涼。

2

高一的冬天，他被調到坐在她的後座。

她是班長，乖巧聽話，老師都非常放心她，說讓她管管他。

他是體育特招生，田徑隊的，跑步特別快，也許就像別人說的「體育好的人通常四肢發達頭腦簡單」，他的成績特別差，時常不交作業，上課睡滿堂，對學習沒什麼心思，平常話也不多，但其實除了成績不好之外，沒什麼特別大的問題。在學校裡蠻有名氣的，因為得過很多獎項，大部分的人都認識他，當然也非常受女生的歡迎，三不五時就有女同學向他塞情書告白，他也就酷酷的，總是不作回應。

她喜歡他，大概是從那個時候開始的。

從他調到她的後座開始，她每天都會提醒他交作業，起初用說的，他還是不聽，於是用便條紙抄寫下來貼在他桌子的左上角，每天貼一張，但他也不會把它撕下。久而久之，就從薄薄的一張便條紙，變成了一本便條簿。

跟他說過最多的一句話是「記得交作業」，他總是輕輕回應「哦」。後來他會說「我不會啊」，慢慢地，也會說「你教教我」，於是她回頭替他講解一遍，再轉身回去做自己的事。

那就是他們全部的交集了。

她從來不會刻意去找他說話，或是製造相處的機會，她一如既往地做著她應有的角色，好好地扮演著一個第三者，在他身邊看顧著。

她喜歡看著他，每天周而復始地在老師和家長的期盼裡過活的日子裡，常常因為能夠見到他，而有了可以撐下去的衝動，像是在懸崖邊緊緊套著她的那條救命繩那樣，強而有力；如同不滅的燈塔，照亮那段麻木又動彈不得的時光。她喜歡看著他，遠遠地看著他。

喜歡看著他跑步。那高眺的身影在跑道上咻咻地來回，她會坐在操場的角落，手中拿著英語單詞卡，覺得實在背不起來的時候，她會偷看他。他輪廓分明的臉上滿佈汗水，有時他會拿著一大瓶水大口大口地灌，有時會彎下腰喘息，有時候做些熱身的動作，有時候跟田徑隊裡的哥兒們聊天，有時候會有女同學給他遞水，他笑著搖頭回絕，繼續回去練習。

喜歡看著他睡覺。午休的時候，當她吃完便當返回教室，會看到他趴在桌上睡覺，一直睡到老師來了，她便轉過頭來輕推他一下，他睡眼惺忪地起來，不一會兒又再次趴下。有時候她覺得他可能患有渴睡症，每次一到上課，老師要她叫他起來，她便轉過頭推他，不一會兒他又再度睡去，一再反覆，她從不覺厭煩，還好他也從來不厭煩她。

喜歡看著他被罵。可能因為他不聽課的關係，成績總是很差，常被老師叫起來訓話，他會識相地低頭表示歉意，但下一次依然故我。老師們都拿他沒辦法，只好叫她盯緊他的作業，這時她會轉過頭看他，他便用嘴型無聲地說「對不起啊」，她轉回去時會開心地笑，像個得到獎勵的小孩。

喜歡看著他被處罰。看他在田徑隊裡練習時，也不知道是哪裡做得不好，教練衝著他破口大罵，他被罰做體能，再多跑幾圈，做多少個仰臥起坐。這時的他，表情總是堅決不服輸，每次都會累到倒在跑道上，過一下子又站起來，她想，也許他骨子裡有一種傲氣，從不認為自己做不到，那一刻，她真覺得他帥極了。

還有好多好多這樣的場景。喜歡看著他笑，喜歡看著他和朋友打鬧，喜歡看著他離去的背影，當然還會看到好多女生給他送情書送禮物告白，但他總是酷酷地不應。她想，他可能心裡早已有了喜歡的人吧，所以才拒絕了所有人的擁抱。

她就這樣看著他，遠遠地看著他，對她來說，就已經足夠了，就已經是當時最好的禮物。

她想，也不是每一種喜歡，都要張揚得讓全世界知道。其實，也可以瞞著全世界喜歡一個人。這樣的喜歡很安靜，這樣的喜歡很乾淨，這樣的喜歡很美好。

3

你可能不知道吧，我曾經毫無指望地喜歡著你。

沒想過要和你在一起，沒想過和你做些什麼，沒想過你看我一眼，沒想過你也同樣思念我，甚至沒有想要你知道我喜歡你。就是這樣，毫無指望，沒有幻想過任何美好的情節，沒有思索過最後能得到的收獲，沒有猶豫也沒有後悔當初喜歡你的決定。就是這樣，就只是看著你，看著你，看著你笑，看著你煩惱，看著你走進人群，看著你望向那絢爛的煙花，看著你沉沉落落，看著你四海為家。

你真的不知道吧。這樣的我，還有與你一點關係都沒有的愛，以及再也沒有什麼解救辦法的思念啊。那就這樣吧，就這樣吧，也只能這樣了，對吧。

4

她想，她永遠都不會忘了那一天。

晚自習結束之後，剛好碰到田徑練習結束的他。一起走出校門，他問她：「回家嗎？」

「嗯，你呢？」

「我也是。」

於是兩個人就並肩一起走了一段路。

這段路上他們並沒有說什麼話，兩個人就靜靜地走，耳邊除了風聲就是彼此微弱的呼吸聲，路燈明明滅滅，把他們的影子拉得頎長，影子第一次靠得那麼近。

走了一段路，終於走到了分岔路口，她怔了下，跟他說：「我走這邊。」

「哦，我走另一邊。」他說。

「記得交作業。」

「嗯好。」

「明天見。」

她沒有想到，那是她這輩子和他說的最後一句話。

第二天上課時，她發現後面的座位已經被清空，桌子左上角的那一本厚厚便條紙已經不見。老師和大家說，他休學了。

那是高二的尾聲。

她在她的抽屜裡找到一張便條紙，上面寫著歪歪斜斜的一行字，她看了一遍又一遍，忍不住眼淚潸潸落下。

謝謝你

其實我挺喜歡你的

5

故事是這樣的。我一早就找到你在人潮中的哪裡，我一直看著你，看著你，什麼都沒做，也就這樣看著你，然後心滿意足。挪不開目光，有種連魂魄都深陷其中的感覺。這時你突然轉過頭來，我卻驚恐地低下頭，不讓你發現我一直在看你。

於是眼神交錯，我們沒有在一起。

6

他特別不喜歡裝模做樣的女生，覺得每一個向他表白的女生都一模一樣。

直到調到她的後座來，他才知道班上有個這麼安靜的女生。她話不多，說話的聲音很小很輕，可是他總是能聽得見。

有時候他想，她可能覺得自己挺煩的，總是不交作業要她提醒，上課又總愛睡覺。但每次被她提醒或是叫起來，他沒有覺得不耐煩，漸漸地，已經習慣那樣去做了，習慣被她提醒交作業所以會故意忘記，習慣被她叫起來所以上課裝睡。習慣她的存在，像星星一樣的存在，耀眼卻不喧嘩，恆定又難以靠近。

她喜歡坐在操場的角落背單詞，而每次他在田徑練習的時候都能看見她專注的表情。有好幾次因為這樣而被教練罵了一頓，被罰跑操場和仰臥起坐。其實有時候很生氣覺得憑什麼這個女孩子可以牽動自己的情緒，但她哪一天不坐在那個角落裡，忽然又覺得空空的。

他不能說明那是什麼樣的感覺，心裡好像播下了種子，而它一天一天地壯大萌芽。

這樣的日子持續了一年多。

臨走的那天，他故意練到她自習結束，想要跟她一起回家。他知道兩人其實也沒什麼話聊，但他想這是最後一次能夠這樣看著她。看她垂下來的瀏海，看她扶著腳踏車的模樣，看她專注的神情，看她捧書在胸前那副高材生的姿態。看她純淨的笑容，看她烏黑的眼睛，看她所有的一切。

「我走這邊。」

「哦，我走另一邊。」

「記得交作業。」

「嗯好。」

「明天見。」

走到分岔路的時候，她說：「明天見。」

他愣住，看著她的背影，慢慢消失，直到光影的切換，直到完全不見。

他手裡還拿著這一年多來她寫給他的便條紙，他不知道要花多少時間才能習慣沒有人提醒他交作業，要多久才能讓他忘記這一年多來的時間留她在他心裡的分量。

可是他知道，像她這麼冷靜伶俐的女孩，不會在意像他這樣的男孩的存在。

7

那個時候，大概我們都不知道吧，有些人，一旦說了再見，就意味著，再也不見。

原來真正讓人難過的，並不是告別，而是不告而別。

來不及告別，才留下最大的遺憾。

也許青春就是一首後知後覺的詩。

你永遠覺得還有時間，還有很長的時間，還有漫長的路程，一旦回頭看，你發現，原來錯過了那麼多，原來太多的遺憾發生。

來不及說出口的告白。

來不及送出去的情書。

來不及盡力去考的試。

來不及說出口的再見。

總有太多的事情來不及去做，而你總是太晚明白，總是後知後覺，到了很久的以後，你才知道，已經都來不及了。

遺憾是青春的代名詞嗎？

不，青春的代名詞是你。

所謂青春，
就是一場
迫不得已的成長。

從什麼時候開始，你漸漸地學會收斂自己脾氣，不會張牙舞爪，不會誰對你不好就完完整整地還回去。你慢慢也學會了忍耐，知道有些事情忍一忍就算了吧，也沒必要生那麼大的氣。

從什麼時候開始，你變得世故。從前在學校裡說著討厭誰就堅決不跟那個人打交道，後來學會了圓滑的笑，學會不再把話都說得那麼絕；學會帶著形形色色的面具與不熟悉的人打交道，儘管你心裡仍然不喜歡。

從什麼時候開始，你不會放聲大哭，不會被喜歡的人無意的一句話刺傷，也不會因為遇到委屈就向最好的朋友哭訴；不會再像以前一樣要把所有人事物罵過一遍後才破涕為笑。你漸漸地學會了收起自己眼淚，偶爾很累的時候掉了兩滴淚，還會責怪自己怎麼變得那麼脆弱。

從什麼時候開始，你不再奢望別人的幫忙，不會一點小事就想要朋友幫自己解決，而是學會幫自己解決問題：報告來不及的時候，自己熬夜完成；想要買的東西，自己努力存錢；不知道的資訊自己查，不會做的題目就自己找方法。

從什麼時候開始，你變得寡言，變得不愛說話。從前的你動不動就找親朋好友訴說每天的趣事，不論開心或委屈。快樂的事情分享，悲傷的事情也分享，後來的你漸漸失去分享的力氣，你學會承受快樂和不快樂，冷暖自知。

從什麼時候開始，快樂變得沒那麼簡單了，不再是得到誰的稱讚就可以開心好幾天，也不再是得到一顆糖果就能笑得開懷。你開始介意很多的事情，開始計較得失，開始對生活失去熱誠，開始感到失望和疲倦。

從什麼時候開始，你覺得自己變了，再也不是從前的模樣，你變成自己說過的、最討厭的樣子，你變得無比世故和勢利，你變得沉默和被動，你變得堅強也變得懂事。

我想每個人都必須要經歷一段這樣的時光，某個瞬間覺得，自己變得和以前不同了，慢慢地，便有了大人的模樣。

也許是一次逆來順受的經歷，也許是和朋友的絕交，也許是被喜歡的人拒絕。也許是很多很多跟自己想法背道而馳的事，讓自己一夜之間發現，世界並不像你想得那樣，你要改變，你要成長，你要長大。

我們就是在這樣倏忽即逝的時間裡，無可避免地長大。

原來成長很大的一個部分是接受。

接受世界變遷、接受悲歡離合、接受分道揚鑣、接受付出不等於收穫、接受許多痛心的失去、接受不同的離別和錯過、接受迫不得已的改變、接受所有的不公平和委屈、接受人群中的孤獨、接受不是所有的愛都有結果、接受那些排山倒海的悲傷，最後接受那個無能為力的自己。從不平到妥協，到欣然接受。於是經歷這些的你，總有一天會脫胎換骨、破繭而出，飛到更高的地方去。

漫長的青春裡，誰都不可避免地成長，誰都沒有選擇，沒有辦法可以決定把青春留住，任誰都迫不得已地長成大人的模樣。

所以，如果可以，不要急著長大，在還能揮霍的時候，盡量地浪費青春。因為那樣的日子，你只活一次。

關於旅程

離開，

是為了能更好地回來。

1

不曾墜落過，不會知道飛翔的感覺是什麼。

2

來台灣三年了，一千多個日子這樣過去。

走在這多雨又多情的城市裡，總會想起當初第一次踏上這個地方是什麼樣的感覺。

有時候時間很溫柔，它會不停地稀釋你對一件事情的感受，像是混著不同色彩的調色盤，不斷地注入清澈的水，直到你看見那些顏料漸漸地不再鮮明，漸漸地淡去輪廓，漸漸地褪去深刻，然後無可避免地遺忘某些記憶的存在，直到消失在腦海裡，像是煙靄消失在空氣之中，無聲無息地替你撫平那些突兀的曾經。

有時候時間很殘忍，它會深化一些痕跡，會腐蝕那些崩毀的區塊，像是滋生蛔蟲那樣，一點一點地侵蝕身體的養分，發膿的地方會繼續腐化，疼痛的地方會深深發疼，壞掉的地方則根深蒂固。

時間一刻不停地前進，有時我會想，其實世界對誰都公平，因為時間從來沒有為誰停留過。

我仍然還是會想起當初拖著三十公斤的行李抵達桃園機場的那一刻。

3

「無論你去到哪裡，都要記住你最初的樣子啊。」

4

那日天空異常地明朗，像是洗乾淨的白襯衫，一塵不染的淺藍色，雲塊只剩薄薄的一片，擱在天邊角落，鳥兒成群地展翅飛過。

我抬起頭看著這片明晰的天空，也不知道在想什麼，目光停駐了許久，直到身後媽媽一句：「你行李都收拾好了嗎？」把我從混亂的思緒中拉回來，我馬虎地回應了一句：「嗯。」

走的時候媽媽抱了我一下，我沒有回過頭，就這麼筆挺地離開。之後我總是在想，或許我回頭就再也走不了了。

還記得那天坐上機場巴士的自己，選了一個靠窗的位置，一路環顧窗外飛過流動的風景，是香港，是我生活了那麼久的地方，是我的家，是我。

我在想，我離開的是家嗎？

也許是，也許並不是。

到很久的後來，我才意會到，我真的離開的，是過去的自己，那個稚氣的自己，離開那些存放著回憶的地方，離開讓我感到安心和熟悉的地方，離開我過去擁有的一切，離開所有。

站在客運售票處那裡踟躕了很久才終於順利地去到台北，那一天也微微下著雨，我拖著笨重的行李箱危顫顫地走在濕濡的街道上，大概付出了累積十八年之久的勇氣，孤注一擲地拋開所有糾葛的過往，去到一個新世界，那裡沒有千絲萬縷的回憶，沒有什麼流竄不滅的人群，彷彿什麼都沒有也就擁有不怕失去的悲壯。

我從來沒有想過未來的自己在哪裡，未來的自己是什麼模樣，沒想過要出走，沒想要流浪，也從沒想過自己將會以這樣的模樣前進。

我依然是自己的樣子，卻又是自己從沒想像過的樣子。

5

討厭讀書，正確點來說是討厭讀我不喜歡的科目。討厭上課，討厭考試，討厭那些密密麻麻、排山倒海、接踵而來的課程，討厭為了上大學而不得不發了瘋地讀書。喜歡上課睡覺。喜歡看小說。喜歡作文。成績平平，不算差但永遠擠不進優秀的班級，做事沒有耐性，不肯堅持，怕累，怕辛苦，怕麻煩。上課在耗時間，下課聽歌跳舞散步。這是我。

十八歲以前的自己，普通人，女生，不高不肥不矮不瘦不出色也不糟糕。偶爾樂觀、偶爾負面、偶爾努力、偶爾耍廢，這是我。用一個極為普通卻又舒適的姿態生存著，像是無數隻候鳥，在特定的時間會做特定的事情，不曾出什麼差錯，也不曾離開過世界的河流。我總是躺在這條巨大而蜿蜒的洪流裡，隨著它浮動，隨著它飄動，因為大家都是那樣，只要順著流動的方向，就能安然無恙。

那個時候我不知道自己會在哪裡，也沒想過自己會去哪裡，因為有一天我知道世界會告訴我，像告訴世界上許多的人們那樣，該做什麼，要做什麼，該去哪裡，會去哪裡。

6

那些記憶總是被拉得很長很長，時間過去了，那影子在我的眼前揮動，閉上眼睛，模糊的視線會漸漸清晰，像是暈眩過後逐漸鮮明的白色光線映入眼簾，過去的畫面一一駁裂地呈現。所有迤長的離別，以及川流不息的開始，都像是一次巨力又橫亙的旅程。

還記得自己大二剛轉進國文系的時候，真的擔心很多，我是個轉系的交換學生，四年一定修不完課程，而且系上的課真的都很重，比別人少了一年半的時間，所有人見到我都一定會問：「你不選擇延畢嗎？」於是我拼了命地超修，每個學期都三十二學分，又有好多的打工要賺生活費，又有排球隊的練習，又要抽時間每天寫一寫文章……壓力好大好大，好想要把每一件事情都做好，好想要讓所有人知道我可以做得到，好想要不斷地證明給自己看自己不只現在這個樣子。

永遠都不會忘記這些濃稠的記憶，試過一天考四科必修，從早上八點考到晚上六點全部都是申論題；也試過考試前一周開始就沒上床睡覺，深怕自己醒不來，所以只睡在地板；試過深夜在自修室裡一看見中文字都覺得噁心想吐；也試過在這樣無止的壓力下，坐在宿舍對面的樓梯間哭；試過在冬天只有七度的時候在圖書館外吹著冷風背二十首詞；試過一天打兩份工超過十四個小時，結束之後再繼續夜讀……，太多太多張狂的回憶，我走在校園裡總會不斷地想起這些，想起以前自己的模樣。

想起那個坐在機場巴士上哭不成聲的自己，想起那個怕離別而不回頭地離開的自己，想起所有離開的理由，突然間，又有了可以繼續撐下去的力氣。

我告訴自己，我要以一個比當初更好的姿態回去。

7

知道嗎？每一隻鳥兒在學會飛翔的時候要先狠狠地墜落一次。

就像是你要看到更大的世界，就必須離開原本的地方。

當你想抓住更多的東西，就要先學會放開緊握的雙手。

很多的事情都是這樣，你必須先付出，才能夠擁有濱得的機會。

8

走在當初夢想的那條路上，離開所有熟悉的環境，緩慢地前進著，僅僅只是相信那一片天空裡面有自己嚮往的美好，所以不斷地——不斷地往著更高的方向飛去，哪怕只是一點點，更加地靠近你眷戀的天空。

三年前的自己會知道未來的模樣嗎？

高中時的自己會想像到現在的樣子嗎？

甚至是現在的自己會知道未來將站在什麼地方嗎？也許答案都是不知道，但又有什麼關係，可能就這樣的，你想像不到自己未來的模樣，才不會為自己劃下最確切的界線，於是你什麼都可以做，什麼人都可以成為。

只要你知道想去什麼地方，就算走得很緩慢，走得蹣跚也沒關係，因為你知道已經在路上了。

往復，折返，徘徊，過渡。都是因為你正走在與自己相遇的路上了。

9

親愛的別慌，只要記住，你永遠不止現在的模樣。記住最初自己走上這條路的模樣，記住最初為什麼要出走，記住自己為什麼做出這些選擇，記住最初的感動和初衷，記住自己青澀的樣子，記住自己的愚蠢和無知，也要記住自己的悲傷和疼痛，這樣子所有事情都將變得有跡可尋，有一天我們回頭望，啊，原來我也曾經是那個模樣啊，我們會緬懷也會滿懷感激，當初最真實又最透明的自己。

然後前進，然後更好，然後笑著回望。這樣就夠了。

這樣你就可以回頭跟從前的自己說聲謝謝，這樣你就可以回到你離開的地方，用一個更美好的自己向從前的一切問候。

我很好，而且還會更好。

也許旅途的定義
就是
一邊錯過一邊拾獲。

1

走過一些路之後，終於慢慢地明白「旅途」這兩個字，並不真的是字面上的意義。

2

英國，倫敦，東克羅伊登站。

從南到北，一張火車票，舊舊的車廂，巨大笨重的行李，一坐就是好幾個小時。選了一個靠窗的位置，跟幾個寥若晨星的乘客一樣，用衣服裹住自己，把頭靠在窗戶，緩緩地睡去。火車駛過一片又一片綠原，晨光喚醒地平線。晃動的車身讓我無法真正地睡去，但也難以神志清醒，一個動作持續了太久的時間，脖子和腰就會開始痠疼，只能模模糊糊地翻過身去，耳邊重覆放著那幾首最喜歡的曲子，這樣子維持一整趟旅程。

從南到北，離開原本的大城市，離開熟悉的一切，抵達未知。

時至今日也沒辦法完整地訴說當時的感受，僅僅為了離開的出走，並不是為了要抵達，這一切的重點分別在於起點或終點。手握著不能回頭的火車票，孤注一擲的一次流浪。那些從窗外一躍而過的風景，林林總總歐式建築房屋，到後來整片的綠草地，荒原上的羊，無人停佇的荒涼舊火車站，全部都被快速地拋在腦後。

這樣杳無生息地通往未知。

下車的時候，因為睡過了頭而不幸過了站。

到車站的客服中心用生疏的英文跟站長說明了狀況，他說：「你得重新買票回去。」

那一段車票可以抵上一整天的生活費，於是我跟他說，不用了。

抵達未知。

從來不曾想像的地方。

清晨。車站的人流稀稀落落，燈光微暈，我站在那樣的車站裡，不知何去。

那麼……

請往前走，不要回頭。

3

大三的時候，系上的每一個人都在計劃暑期實習。同學們有一些是師培生的關係，大四會到別所學校實習，有些人則會找公司實習，每個人都在為自己的將來打算。但我從未想要當老師，希望自己可以找個出版社工作，在一邊寫作的同時也可以接觸多一點文字，於我而言，再合適不過了。

為此，我跟學姐說明了自己的情況，通過她的介紹，進了一家小型出版社實習。從第一天開始工作，滿滿的動力，照著編緝給予的清單，整理資料、填寫表單、把資料分類、界定書的方向等等。而相同的工作，在那之後的四十九天都是一模一樣的。因為實習的工作是無薪，在下班之後，幾乎每天都會到咖啡廳打工。從早上八點上班，到晚上六點下班，再從六點工作到深夜十點多，每天回到宿舍便累倒在地板上睡覺。這樣的日子，過了將近三個月，我問自己，你喜歡這樣的生活嗎？

當我幻想的工作模樣和實際相差甚遠，我後悔了。

我想，那可能並不是我想要的。

我一個那麼喜歡和別人交流的女孩，每天坐在辦公室裡對著電腦，有時真的會不自覺地犯睏，又會因為白天面對很多不同的稿子，以致於下班之後便再也不想要寫作了。我原本希望這份工作可以幫助我寫作，卻因為這份工作讓我覺得寫作是一種負擔，那麼，這份工作是不是失去了於我而言的意義呢？

於是我告訴了學姐。我說，我這幾個月好像在浪費時間似的，如果我把這些時間拿去做別的事情可能會更有意義。

聽完我的話，她想一想，說了這一段話：

「我覺得並不是浪費時間，而是替你節省了時間。你花了這段時間去了解自己不喜歡一樣東西，這是你最大的收穫，假如到你畢業後真正投入社會，才發現你不喜歡它，那你得花更多的時間才能知道，你的不喜歡。並不是只有用時間去做喜歡的事才有它的價值，花時間去做一件不喜歡的事情，也同樣有價值。」

是的，我明白了。

我們好像都是這樣，覺得所有的錯誤都是不好的，覺得失去了就可惜，覺得錯過了就遺憾，卻忘了這些事情的發生一直都有著它們的價值，並不代表，我們不能從中獲得些什麼。

4

他離開你的時候，你彷彿失去了全世界。

山川開始崩毀，橫流的江河暴湧狂瀉，攻城掠地，滿地狼籍。

你失去那雙在高空中拉扯著你的手，於是你用力向下墜，墜進遙遙無期的幽暗裡，被囚離在隱沒的地帶之中，渾身沙塵。你說你無處可去。

我想的確是，失去一個愛的人，失去時光的一部分，失去那些習慣，失去自己的心臟，的確是疼得不像話，像是所有世界上的風景從此無所附麗。

你覺得你失去了海洋，但你沒看見你拾獲了離岸。你沒有想過，今日你失去了那雙手，會有另一雙手來填滿你失去的。你錯過的，只是為了能騰出空間留給更好的人。

不是每一種失去都是損失。每一個人都在交錯而過，從此以後，錯過的就當作是路過吧，路過才能真正的拾獲。可能世界上所有的錯過都是在為了真愛而默默讓路的吧。

原來愛過，痛過，都是經過。原來錯落，散落，都是拾獲。

5

把鏡頭拉回在車站不知可處的我身上。

無論當下我的心情是好是壞，但無可否認的，我從未試過帶著如此無知的心情去一趟旅程，在香港或是台北或是韓國，從來不存在真正的迷路，永遠能夠找到指示牌，永遠能夠問得到路人，不用隔多久，就一定可以找到想要去的地方。

然而在那裡，四下無人的街道，未曾知曉的國度，荒蕪撲朔的原野。以及，更加勇敢的自己。

也許每一種失去，都是另一種形式的獲得。
我失去了些什麼。我得到了些什麼。我用這些失去的「什麼」來換得到的「什麼」。
我想每一段故事都是一場旅程吧。如果你還不知道自己將要去哪裡，請你別害怕，那就走吧，我們去流浪。這是你的人生，是你的故事，你可以盡情書寫，寫出一些精彩的故事，你可以自行定義故事的種類，你可以決定那些留在你生命中的人物，你可以選擇想要的地點，所有的東西你都有抉擇的權利。但是親愛的，正因為你有抉擇的權利，所以要為它負責，無論最後結局是好還是壞，你都要為它負責，因為這樣的故事，這樣的旅程，這樣的時間裡，不能重新來過。我想這就是一趟有去無返的旅程吧，無論現在我們走過了些什麼，都再也無法倒退，再也無法後悔，因為「現在」只有一次的機會，一旦進入了未來的時刻，那個「現在」就會變成過去，而我們沒有一架飛機可以回到過去，沒有一架飛機可以重頭來過。

6

在尋找幸福的路上，難免會受一點點傷。
後來才發現，原來我們是一定會受傷的。在什麼都沒有的時候，我們不會知道什麼是愛，什麼是痛苦，什麼是知足，什麼是悲傷。以前覺得無知的人很幸福，但後來才知道，那些人沒有受過傷，也沒有經歷那麼多。於是一路跌跌撞撞，遇上錯的人，掉入錯落的擁抱裡，走進錯誤的胡同中，有著一些交錯而行的擦身，或是一些無法挽回的過錯，我們在其中經歷暴雨的季節，又去過春暖花開的彼岸，有過燦灼的回憶，動人的心悸，溫爛的感動，也有過空蕪的遺憾，窒礙的心疼，殘破的傷口。踉踉蹌蹌，歪歪斜斜，一路揚塵走了好久好久的時間，來到了這裡，變成了現在的自己。

此去經年，你漸漸地擁有越來越多的傷痕，也因為這些久久不淡的傷痕，你慢慢知道哪些事情你不喜歡，哪些地方你不會去，哪些人你不能愛，哪些東西你要放開。對吧，我們都會在這樣百轉千迴的路裡，學會了勇敢，勇敢去面對那些刺眼的傷痕，或者是這個傷痕累累的自己。

嘿，你也擁有許多的傷痕嗎？但這樣才是擁有許多經歷的人啊。因為經歷了很多，才一步一步踏踏實實地走近幸福。

也許你正在經歷一些磨難，也許你還沉浸在一片大雨滂沱裡，也許你也擁有許多說不出的苦和傷，可能總是在蕭疏的夜裡獨自驚醒又再難以睡去，可能是在一條絡繹不絕的路上丟失了自己，可能是在漫天蔽野裡失去了一些重要的東西。你不曾了解，你也會埋怨，你還沒有明白離別帶來的真正意義，誰的走，誰的去，好像都顯得太過蒼白，到底什麼是擁有，什麼是錯過，也許到現在你還沒有一個答案。或許，偶爾也對世界充滿失望，或許你不再天真相信這世界的良善，或許你漸漸變成當初自己討厭的模樣。這些年，你原來經歷了那麼多啊。那些好的日子，天晴，明朗，有人陪在你的身旁，笑容燦爛得像是不滅的紅日。還有那些壞的日子，天寒地凍，雨灑滿街，你回頭望卻再也找不到任何腳印。這些細碎卻深刻的日子，好的壞的，都刻畫成歲月的模樣，原來最好的歲月，不是只有好的時光，而壞的時光也同樣重要，也同樣值得紀念。一定是因為經歷過一些壞的日子吧，所以你才能夠變成這麼勇敢；也一定是因為經歷過好的日子，所以才更加懂得珍惜。這不就是歲月的意義嗎？

願你往後的日子，都能足夠相信，所有的時光是那麼美好，即使風雨交加，即使斷壁殘垣。

7

這條路一直走了那麼久，一邊失去，同時也一邊擁有。

「我們都會在這樣百轉千迴的路裡，
學會了勇敢，勇敢去面對那些刺眼的傷痕，
或者是這個傷痕累累的自己。」

花開樹盛，
漫長的路我只借你一程。

你也有試過那樣吧。走了好遠的路，卻找不到想要去的地方，所以一直徘徊，一直躊躇，一直踉蹌，甚至走進了死倔的胡同裡。

愛一個人像是一場旅行，有時候難免把長長的路走完，有時候難免在人潮擁擠的街道中走散，有時候難免重回當初的模樣，一起並肩走著走著，一起累積成堆的回憶，一起看盡繁花美景，經歷了最燦爛的花季，經歷斗轉星移。其實，我們心裡都知道，有些事情誰也沒辦法說得準，就好像我們曾經也說過窮極一生只愛一個人，但是歲月流轉至今，我們都慢慢長大，變得世故，變得堅強，開始學會接受失去和遺憾。所以我不會可惜，不會可惜那些和你一起浪費的年月，不會可惜把最好的自己給你，不會可惜花費了那麼多的溫柔只為了經過你的世界。可是我會難過，難過你的故事裡再也沒有我的情節，也再也走不出更好的風景。

原來這條路這麼遠這麼長，長到讓我和你從相遇走到失去，長到從失去走到痊癒，長到在往後花開樹盛的日子裡面，我還跟那麼多人相遇，就像是當初和你遇見那樣。生命有時候是一趟無法回頭的旅途，我坐上了火車，往著生命的終點，不斷地經歷，心動或是心痛，擁抱或是遺忘。

有些人在這個站上車，我向他們問好，和他們的路途恰恰重疊在一起，與他們互相溫暖。到了某個季節的路口，落葉凋花，春天到冬天，我們終歸各自轉身，甚至誰也沒看見誰的不捨，他們走得瀟灑，好像彼此不曾虧欠對方一樣，在彼此的生命裡完成了溫柔對待的任務。於是我們笑著揮手，心裡默默地永遠告別。

有些人沒等到站就要下車，他們猝不及防地跌出我的生命，斷切了所有的關聯，失去了可以追尋的線索。這時我才想起，原來那麼多的話沒來得及向他們訴說，好多想要一起去完成的事也趕不及實現。於是明白，有一些人就是會用這種決絕的方式讓我在往後的生命裡都記住他的存在，雖然那樣的畫面將從此不再完整。

有些人會獨自上車，他們總是站在不遠不近之處陪伴著我，不會靠得太近，但你知道他們會在。我也想起有些人，好像永遠無法觸碰到他們的靈魂，他們的心是冷的，無論多麼努力，也沒辦法靠近他們的內心，可能他們注定了要孤獨地走吧。

有些人在分別的時候默默地哭了，他們忍不了失去的痛楚和遺憾，太明白再見的意義是再也不見，所以張狂地哭鬧，企圖想要阻止誰的離去。我想誰不是呢，誰不曾為了把一個人留下而用盡力氣，為了有誰的陪伴而放低身段，最終卻還是一個人重新前行。

有些人會一直假裝睡著，讓我捨不得去喚醒。聽說裝睡的人永遠叫不醒，就像是決定要離開的人從來就不會回頭，他們不會大肆宣揚也不會吵吵鬧鬧，他們會選在最暖和逢春的日子不聲不哼地離去，像沒來過一樣，甚至連哭泣和挽留的機會都不會有。他們看似和你一直同路，但自己心裡清楚，我們永遠不在同一個頻率上，而他們計劃好的未來裡面，也不會有我。

有些人走得很輕，輕得像五月之際的凌晨悄悄略過的梅雨，隔夜水痕就消失得無聲無息，他們沒有告別也沒有回頭，就像當初你走來的時候那樣，輕盈得像是掉落在湖面的羽毛那般。而離別的時候，我在幾千個表情裡面，選了一個最燦爛的笑容還給你，就像是當初你來到我的世界，向我走來時那個溫暖的神情。目送你離開，我知道以後的路很長，我知道我們總歸各自流浪，去找尋自己的模樣。

就像是我的手緊握著那隻不屬於我的掌心，就像是錯誤的拼圖出現在違和的油畫裡，就像是我和你走在錯的時間裡，錯的路口，錯的位置。有時候那些刻骨的執念讓我覺得只要緊緊抓著，就可以不讓遺憾變成遺憾，不讓錯過使我們錯過。但我也終於知道，有一些人的出現，也許只是為了與自己錯過，因為錯過，才能騰出時間和心臟的空間，去接納對的人。

嘿，親愛的，你知道我有多麼不捨，但我要與你錯過了。我知道或許有些人只能遇見，有些人只能想念。

然而親愛的，我後來才發現，原來我們從來都不是錯過了彼此，沒有一場相遇是錯誤，沒有一場相遇不值得，我們只是恰好路過了彼此的世界，只是恰好在對方的生命裡留下了美好的一頁，我從不覺得可惜，也從不感到後悔。

歲月裡有你的旅途，那些光陰就不算虛度。只是，我只能陪你到這裡了。故事需要翻頁，親愛的，我只能陪你到這裡了。

於是我沒有哭，我知道我們都將在離別裡變得更勇敢一些，更成長一些，更捨得一些，我知道就像是我學會相遇、學會善待、學會原諒、學會釋懷那樣。我正學習著離別，我正學習著說再見，我正努力走在屬於自己的路上。我知道，我們會去到更好的地方，即使沒有彼此，我知道相遇已經是件了不起的事，我知道這些，所以——

親愛的，我一生只借你一程。我終於知道，我不是失去你，而是擁有你的一段路程。

於是我想，這是最美好的離別了吧。

從我一生中許多的路程裡面裁下一段，送進你的生命裡，願你記住我們一起經歷過花開樹盛也歷盡狂風暴浪，而我也會收藏好這段你鑲在我記憶裡的路程，我擁有它，就像是擁有你。

這樣就能把所有的失去，都變成美好的回憶了吧。

「故事需要翻頁，親愛的，我只能陪你到這裡了。」

就算那麼疼，
你還是咬緊牙關不慌不忙地
走了那麼遠的路。

1

第一次聽〈野子〉這首歌的時候，最記得裡面的一句歌詞：

你看我在勇敢地微笑
你看我在勇敢地去揮手啊

2

特別喜歡一個人走路的時候，耳邊聽著幾首悲傷的旋律，走著走著；總是喜歡看別人在走路時的神情，像是川流不息的河流，也像是絡繹不絕的車龍，他們都有著屬於自己的神情，專注地做著自己該做的事。他們在自己的崗位上落地生根，他們不斷地灌溉著自己，走在自己的路上。

彼此的交錯、連接、遇見、糾葛、錯過。

世界彷彿是由不同的相遇和離別組織而成，千絲萬縷互相交迭，觥籌交錯，聲色犬馬之中，每個人都是個體，每個人都承載著自己的故事，在各自的故事裡一刻不停地前進。他們走在屬於自己的路，而我卻總在十字路口迷失著，他們用著不同的速度朝向未來前進的同時，我卻站在那個地方眺望或是回望。有時候只是眼前太多的事模糊了視線，有時候則分不清楚，我走的路上是否有著自己的影子。

坦白來說，也許每個人都不知道自己最終的目的地是哪裡。

但是我們每個人都在這條路上，被時間推進著，一直走，一直走，哪怕路遙，哪怕馬亡。

3

很久很久以後，像是從很深沈的睡眠裡清醒過來，像是腦海裡浮現那些做了好久的夢，那些記憶，像是慢電影那樣，以數十倍的慢速播放著。

所有人的神情都被放大，光影不再搖晃，複雜的情緒慢慢有了條理，有了可以梳理的脈絡，包括我自己，也在那些回憶裡面被狠狠地剝開，模糊的樣子漸漸清晰，每一幕都顯得偉大。

有好一陣子就沉浸在這些漫漫堆累的回憶裡面，甚至總是用著冷淡的語氣去談論過往，談論著自己的悲傷，非得要讓人覺得那些疼痛對於自己來說微不足道。

於是開始寫，不斷地寫，不斷地想要向自己證明，你看，多棒啊，我能夠這麼雲淡風輕地訴說著悲傷。你看，它們不再撕裂我了。你看，它們其實什麼都不是。

4

有一種人，你得要從他表現出來的模樣去猜想他真實的樣子，其實是完全相反的。

5

一條路上可以遇見的事情太多了，甚至無法預測前面的路是風花雪月還是溫暖如春，無法知曉幸福來臨的時間或是痛苦降臨的時刻，無法數算悲傷要經歷多久才能等到美好的到臨，無法編排未來所有的軌跡，該往哪兒去，該從哪裡來。無法，沒辦法，遺憾太多了，沒辦法可以預測得太多。

我想有些經歷總是好的，不管有多痛。

像是我總能夠想起爸媽在互相殘害對方時的神情。

像是當時他碎了我的心，而我接受所有來自他的傷害的模樣。

像是失去了太多太多，卻不敢再去擁有什麼時的樣子。

像是多麼期待著那個人會來，最後在冷風中清醒的自己。

像是眼淚、痛楚、離別、失去、錯過、遺憾、難受、苦澀、失望、倔強。

像是排山倒海的黑暗淹沒了你。

所以說，經歷任何事情，都是好的，雖然你從來不在當下這麼覺得。

很久以後你才會發現，原來我們遇見誰，經歷過什麼，都是生命中的必然，而不是偶然。

所有的事都有它的意義，無論我們走到哪裡都是該走的路，遇見誰都是該遇見的人，經歷什麼都是最好的故事。

好像已經沒辦法去數算，我們走了多少的路，有過多少的曾經，做過多少夢，又實現過多少的承諾。或是失去了多少，錯過了多少，遺忘了多少又記住了多少。我想日子可能沒辦法這樣子數算，畢竟這是活生生的生活。

然而今天，是昨天的未來，是明天的過去，在還未逝去的時間裡面，我們依然在這條路上。

天冷的時候你還是照常地出門去完成你要做的事情。

絕望的時候你依然不慌不忙地朝著未來前進，儘管有些事情從來不是我們能抉擇的。

流淚的時候你還是很勇敢地把悲傷收起來給所有人看見你陽光的一面。

難受的時候你仍然咬緊牙關告訴自己得活下去。

挫折的時候你下定決心告訴自己要重新站起來。

無助的時候你學會自己擁抱自己的靈魂。

疲憊的時候你告訴自己再努力多撐一下下。

受傷的時候你會學著溫柔地包紮自己的傷口。

多麼不容易啊，多麼不容易，我們花了多少力氣走到這裡是多麼的不容易，親愛的。

我們總是遠望著未來，想著還要走多少的路，走很長很長的路，可是你怎麼從來都沒回頭去看，原來已經努力走了那麼長，來到了這裡，經歷了所有的物是人非，走過了滄海與桑田，擁抱過悲傷和失去。原來你經歷過那麼多，即使殘破不堪也走了那麼長遠的一段路。真的、真的，已經很了不起了。
我想我們都太習慣責備自己，從來沒想要稱讚自己，也從來沒想要體諒自己在所有的難關裡倔強地走來，走向遙遠的未來。

7

親愛的，別慌，你別忘了，悲傷終究會過站，該來的其實都在路上。

8

只是在經過無數個路口，橫的、直的、彎曲的，隨時隨地都會改變你曾經想要去的地方，其實從來沒有你要走去哪裡，只有你想走去哪裡。
要走過才叫做路，要經歷過才能稱得上旅程。
你看啊，你多麼勇敢地微笑著，多麼勇敢地受著傷，勇敢地錯過那些遺憾，勇敢地在愛裡迷失和徘徊，你就算那麼疼痛、那麼悲傷，仍然咬緊牙關不慌不忙地走了那麼遠的路。你很勇敢，真的很勇敢，所以沒關係，因為故事是你自己的，路上的風景也都是你自己的。

你看我在勇敢地微笑
你看我在勇敢地去揮手啊

10

就慢慢地走吧，到最後你會發現，也許走到哪裡已經不再重要。

「親愛的，別慌，你別忘了，
悲傷終究會過站，該來的其實都在路上。」

原來我們走過
最長的一段路，
是孤獨。

這一場盛大的出走，是從十八歲那一天開始。
離開家，離開熟悉的地方，離開那個與生俱來的自己。機場大廳裡滿滿的降落和起飛，每一刻鐘都存在著重逢以及離別。那些人們臉上深刻的表情，喧騰或者蕭疏都在那麼一瞬間。每次到了這樣的片刻，看見人們欣喜的表情，我都有著想哭的衝動。
這或許也是為什麼，我總是跟人們說，不要送我走，但是我回來的時候，你們要來接我。
我知道那種難以轉身的不捨，所以更加願意相信每一個人生命的軌跡，願意相信每個人都有自己要走的路。願意相信所有的離別都是命中注定，所有的轉身都存在著無可奈何。
因為人生裡總有那麼一段的旅程，是注定要一個人走的。

這是第二次長時間在韓國生活。
脫離了原本的語言，去到了一個陌生的國度，存在於那些陌生的人群，那些從前累積了許久的記憶被一掃而空。你去到了一座沒有記憶的城市。你知道你什麼都要重新來過。你發現你沒有一個歸屬的地方。你走在這樣的異鄉裡偶爾也想要回到自己熟悉的城方。你會想起以前陪在你身邊的人。你會感到無比的孤獨。
那是我在那幾個月的感受。
其實，也有遇到很多很要好的人們，也可以與人一起吃飯聊天，也可以在人群裡笑笑呵呵。這其實在哪裡都一樣，跟城市沒有關係。

然而，大家都知道那是短暫的，那麼侷促和徜徉的背影滿街都是。

就像我們早就在相遇的時候便預料到了分離，所以彼此心裡早就有了打算，要和這樣的人深交到什麼程度，我們知道那些都是逢場作興，一場兒戲的相遇。

不用很多的時間，你磕磕絆絆地走進蜂擁的人群裡面，你就會感到孤獨。無處不在的孤獨，從四海八荒向你侵襲而來，不知不覺你竟會突然丟失了方向，在寥落昏蒙的夜色裡漸漸失去了自己。

就算和再多的人一起，孤獨還是會離你越來越近。每當你經過燈火通明的城市，再回到一個人住的地方，你就會發現，那些熱鬧的、繁華的、喧騰的氣息，一下子被巨大的黑暗壓迫下去，沒有了笑聲，沒有人聲，全都淹沒在無人的夜裡。

那個時候我便知道，也許孤獨才是常態。

也試過極力的發抗，找了許多朋友，每到夜裡就大喝特喝，好像只有和人聚在一起，才是真正的自己那樣。厭惡回到一個人的時光，厭惡人群離我而去，厭惡孤獨如期降臨。可是每當我和他們告別，慢慢地走回那個不屬於自己的地方，身後的燈一盞一盞地滅了下去，天微微地亮了，酒稍稍醒了，我回頭看空無一人的大街，世界突然就像失去了顏色。

我知道，熱鬧都是他們的，我什麼都沒有。

或許真的是自己一個人生活久了。

發現就算沒有誰的陪伴，也一樣可以好好生存，明天的太陽依然默默升起。不需要經過你的同意，月亮還是會圓缺，誰也難以阻止。你泯滅在眾人之中，像滴進大海裡的水，緩緩流失的溫度。

多少人用盡了辦法去延緩孤獨，或是逃避孤獨，但最後還是得要面對孤獨。

當你再也沒辦法從人群裡得到安全感，再也沒辦法用陪伴來推延孤獨，你就只得逼自己接受孤獨，或是接受孤獨存在的必要。

也因為我再也沒辦法覺得快樂，回到偌大的房間，我面對自己，我與孤獨相處。

首爾下雪的那天晚上，零下七度，我發了高燒。

沒有室友的關心，沒有家人的照顧，沒有誰的叮嚀，我倒頭大睡，渾身熊熊燃燒的烈火。

不用去管所有世界的聲音，不用去管白天和黑夜的限制，彷彿置身在一個孤島，最大的聲音來自於自己，最好的夥伴是自己，最大的安慰是自己，最大的賞賜通通都是自己。

自己的路，自己的海，自己的日子，自己的時間，自己的陪伴，自己的愛與恨。

於是那天晚上凌晨三點，外面皚皚的雪花，天地形成一片潮濕的霧氣。

有誰，沒有誰。

微風葉動，自開自落。

也許人生裡總有那麼一段旅程，你是注定要一個人去走的。注定自己去受傷，再自己去懂得。注定自己破碎，然後自己拼湊。注定自己孤獨，再學會珍惜陪伴。一定要有這一些日子，讓你學會自己能照顧好自己，讓你學得更加勇敢，讓你長大。

已經到了能夠吐出白煙的季節，首爾冷得比想像中還快，來不及攤開厚衣，天已經冷得讓人瑟瑟發抖，這樣清冷的季節，總是最想要有溫度的擁抱。世界可能不完全是我們想像的樣子，而長大的過程裡，我們曾經想像過世界明亮的樣子，但這些夢都慢慢碎了、瓦解了。直到現在才明白，並不是世界收得黑暗了，變得醜陋了，而是它原本就是這個樣子，只是當時，我們的天空太小，沒辦法看見世界的全部。是我們太小，想像太美好，才會失望吧。

後來慢慢發現，當知道了世界原來的樣子之後，就不會再想要埋怨了。總有人過得好，也總有人過得不好，說穿了，每個人都要為自己的生活負責，世界沒有責任讓我們過得好，只有自己說了算。其實都是選擇，可能以前只是沒有方向吧，但是我想，慢慢去經歷好的壞的，都有它的含意，只要經歷過就是收穫，哪怕是負面的、悲傷的、不幸的。我們也許不會那麼快知道自己想要什麼，但慢慢的，你會知道自己不想要什麼，這樣就夠了。

日子蒼白，但更多的是平靜與平凡。熱愛生活不是要熱熱鬧鬧，四處流浪，風風光光；偶爾看書，周末和心愛的人去海邊發呆，偶爾和閨蜜知己吃飯喝啤酒，也是熱愛生活。做自己喜歡的事，也許平凡，偶爾孤獨卻也偶爾幸福，知足就好。其實我仍然無法分辨寫作這件事於我而言是什麼，但慶幸能這樣寫著，寫著寫著也許就能更懂得些什麼。再向未來走一步吧，慢慢走，只要走著，也許去哪就不是一件那麼重要的事了。

是你嗎？看起來那麼孤獨的人啊。

總是把自己藏起來的人啊，總是寧願自己默默去面對這個世界的人啊，總是隱忍，總是深埋，是你嗎？把自己變成一座孤島，你說那裡什麼都沒有，沒有四季也沒有花開，沒有光明也沒有黑暗；不過就是帶著點傷，帶著點故事，帶著點流逝的記憶，在歲月裡靜安，駛過的船沒有停下來，擦肩的人也沒有回頭，等待的人都沒有來到，你還在那裡，用盡僅餘的力量溫暖自己，給自己撐起一片天。我想你依然相信吧，會有一個人出現只為了尋找你，會有一個人願意去到那座孤島，會願意為了一片荒蕪而放棄這個絢爛的世界。對吧，你說對吧。

我知道，當我們走過了孤獨，就會慢慢地走向幸福。你要相信啊，有人正在路上艱難地尋找著，艱難地愛上你，而那人正走著很長一段孤獨的路，只為了與你相遇。因為他知道，你也是。

關於愛人

愛就是
用盡全力在一起。

「一段一百分的感情，是兩個五十分的人組成的。」簡單的加減乘除，但我們好像永遠都沒有辦法去計算好，到底要在愛裡面努力幾分、做到幾分，要如何除開對等的兩份，才算是一百分的愛情。

沒來由地想起從小和我一起長大的好朋友，二十歲的她才剛開始經歷她的初戀。我到台灣讀書的時候偶爾會打電話給她，她會同我分享她喜歡的男生的事情，在他們在一起的第八天，她就要踏上美國做交換學生的旅程。當時的我非常不解，不明白為什麼會選擇在那個時候在一起，但是她卻和我說了一句話：「因為我相信他。」

因為這一份「相信」，他們兩個開始了一段長達半年的異地戀，橫跨世界的兩端，白天與黑夜，乾燥和寒冷，這令我想起〈南山南〉的兩句歌詞：「你在南方的艷陽裡大雪紛飛，我在北方的寒夜裡四季如春。」這恰恰就能形容他們兩人的情景。

當我準備睡覺的時候，你剛剛醒來；還來不及和你說聲晚安你就醒去，我一天中的悸動都趕不及跟你訴說；我那邊下雪了，你不懂這裡的寒冷，我想要你給的溫暖，而我們卻只能在螢幕前漸漸疏離。因為遙遠而傳遞不開來的想念和愛意，因為距離而給不了的溫柔和疼惜，因為時間而錯過了的日升和月落，於是兩人只能在昏默的遙夜裡各自悲傷。

於是在那半年的時間裡，她的男朋友想了一個辦法，約定好一個禮拜有一天犧牲自己睡眠的時間打電話給她，儘管他並不是很喜歡講電話，但就算兩個人不說話，也會把電話放在那邊，互相陪伴著對方。有時候也會覺得很煩，但沒有關係，花一點時間去跟喜歡的人相處，在那段貧瘠的時光裡，已彌足珍貴。

於是，終於明白，愛是願意花時間。

在平常沒有打電話的時間裡，兩個人約定好在Instagram上一同開個帳號，每天各自發一張照片，寫一篇日記，告訴對方今天自己那邊發生什麼事，開心或傷心，快樂還是悲傷，想念依舊想念，所有想說的話都寫上去，然後把這個帳號鎖起來，只有他們兩個人才可以看見。

其實，愛是願意用心。

也不是沒有爭吵，也有過那些歇斯底里的時候，哭過也鬧過，但因為兩個人的努力，半年順利地過去，於是開始他們的熱戀期。

記得那一年的暑假，他倆分開兩地工作，由於車票太貴，無法很常見到對方。他會為了買她喜歡吃的小吃，連夜坐了好幾個小時的客運，清晨在她家的樓下等著，給她送早餐。見面不到一個小時，又急忙忙地趕回去上班。

她也會在休假的時候悄悄地來到他上班的地方給他一個驚喜，看著他忙碌地應付客人，儘管不能講話，但她覺得就這樣看著他也很幸福。

後來，你會發現，努力在一起有很多種方式。

每個人都想要一帆風順地愛著，每天都可以見到對方，不用擔心生活和別離，有無窮無盡的時間和精力。

然而世界紛雜，慢慢地，我們都發現在一起很不容易，相愛很難。

是從什麼時候開始，我們會越來越計較，把本該屬於兩個人的愛放在天秤上，計較誰付出得比較多，誰要先和誰主動，他沒來找我所以我也不要找他。相愛的兩個人永遠隔著讓人窒礙的自尊心，越來越像刺蝟，不擅長等待和忍耐，只擅於被愛。

從什麼時候開始，一旦相愛了，愛情就停止了滋長，覺得反正都在一起了，就無需像以前那麼努力了，也正正因為是這樣，一百分的感情掉了一分，漸漸地掉了兩分，在時間裡緩緩掉落，直到剩下寥寥可數的感情，最終分開。

從什麼時候開始的呢？認為愛情有一個限度，我們適應了那種舒適的感覺，於是開始怠慢，開始改變，忘記當初在一起時的新鮮和刺激，只剩下綑綁對方的習慣。

我想，愛情從來都不像教科書的題目那樣，有標準的答案，有老師告訴我們該怎麼去愛才是正確或錯誤，也不會擁有無數次可以重來的機會。愛情不是簡單的是非題，但我們卻要用畢生去解開這生命的課題。

有很多的時候，你會發現，你甚至沒有第二次可以修補的機會，每一步都是走在鋼索之上，你需要用盡全身的力氣確保自己不能出錯。

其實，一段一百分的感情，並不是用兩個五十分的人組成的。而是兩個用盡全力做到一百分的人，才能擁有一段一百分的感情。

我想時間一定會對我們做出極致的考驗，它隨時隨地都可以磨蝕我們對愛的感覺，那些曾經說過的話好像會漸漸被時間沖淡，承諾也漸漸遺忘，時間會讓我們忘卻最初的感動以及左心房的悸動，時間的強大就在這裡了。當我們相愛之時，時間不斷地推移，我們都不要忘記，愛情其實是會累積的，同樣地，不愛也是。相愛不是相處的時候越來越隨便，覺得不需要像當初一樣堅持或努力了，也不是慢慢放開以前的執著，而是越來越眷戀也越來越用心。

親愛的，我好不容易得到你，我要給你最好的東西，我要更加愛你、疼你、想念你，牽掛你、守護你、珍惜你。我知道世界那麼大，遇上一個你，我花費那麼多力氣，一身戎馬走了半生，只為遇見一個難能可貴的你，如此用盡力氣愛你都已經來不及。

時光消煞的風景裡，你最珍貴。

任誰都無法阻止的時間洪荒裡，是你讓世界充滿了意義。忽然不再想過問那些無能為力的事，因為你讓我覺得，時間流失得太快、太匆忙，我們都來不及去介意那些不好的事情，僅此一次的時光裡，都想要全部給你。

我知道遺憾那麼多，所以更捨不得與你錯過。

從此
你我相互陪伴，
平平淡淡也有浪漫。

想和你這樣子相愛。

你做著自己的事情時，我在沙發的另一邊看我喜歡的韓劇，偶爾對你抱怨「怎麼都不理我」，你會輕聲地說「乖啦」，我又會安靜地做自己的事情。累了的時候可以躺在你的大腿上，抬頭就可以看見你稜角分明的臉頰。

永遠都想到對方。像是你經過奶茶店的時候，會想要幫我外帶一杯微糖少冰的珍珠奶綠；像是我走過小吃店，會想起你還沒吃飯，要幫你買宵夜。永遠記得哪些菜是不加香菜或不加醋。永遠記得你鞋子穿八號半。永遠想到彼此喜歡的顏色。經過百貨公司的時候，總是想給你買一件白色襯衫。

可以在彼此面前做最真實的自己。在你面前不需要濃妝豔抹，就算素顏大咧咧也沒關係。你會提醒我早晨時夾在眼縫裡的眼垢，幫我擦掉吃飯時嘴角黏著的那粒飯。我會提醒你衣服穿反了，告訴你睡前要刷牙。你看見我糟糕的廚藝也不嫌棄，我看見你凌亂的房間也不討厭。

不需要計較誰的愛比較多。不用總是在意誰先打電話給對方，誰先道歉，誰對誰比較好。

儘管在想念的時候打電話給你，哪怕是凌晨三、四點，你不會嫌那樣的我很麻煩，你會知道依賴是愛裡最真切的表現。偶爾告訴對方，你很重要。偶爾說對不起。偶爾說謝謝你。

最壞的一面都可以在彼此面前顯露無遺。像是生氣的時候可以盡情地衝著你的鼻子大罵「你真的壞死了」；像是冷戰的時候，你可以霸道地摟著我說「你生氣夠了沒」。可以放開地去訴說對方的缺點，就連最脆弱或是最陰暗的一片也不必遮遮掩掩，可以一起分享最好的時光，也可以一起撐過最壞的時光。

不用去成為你眼中最好的人。我可以做回我自己，不用為了迎合你去改變我原本的模樣。改變和迎合是兩回事，改變是由衷地想要成為更好的人，迎合則是一味地奉承。我們可以約定好一起成為更好的人，但並不是彼此眼中理想中的模樣，而是最合適彼此的模樣。

不用去為愛做任何的假設。不用想我們會在一起多久，多久之後會開始膩了，什麼時候會結婚等等的問題。享受每一個在一起的當下都是最真實的我們，愛一天就擁有一天的甜蜜，擁抱一天就多一天的溫暖，積少成多，像我們的愛一樣。

一個小小的家。一隻貓。一隻狗。我們。

這是我能想到最美好的未來。

我以前的夢想是賺好多好多的錢，擁有富裕的生活，過著沒有煩惱的日子。不用擔心物質，可以去想去的地方，可以做想做的事，不再讓世界阻礙自己想要得到別人的稱讚，想要成為所有人眼前美好的樣子，想要所有的人羨慕。曾經那樣的夢想對我來說是最美好的，我甚至能看到站在高處自己意氣風發的樣子。

後來遇上了你，我只想在盛夏的黃昏和你漫步在夕陽西下的海灘，渴了就喝瓶啤酒，醉了就坐在海邊吹吹海風，累了就枕在你的手臂上休息，睏了就讓你把我背在身後，醒了我們會牽著手走好遠的路回家。我想最浪漫的事，不過是看著彼此的眼睛互道晚安吧，然後一起坐看歲月裡的暗淡風華。我在想，原來不是我以前的夢想幻滅了，而是遇上了你，你變成了我的夢想。而我的夢想呢？就只是和你一起生活，互相陪伴，就這麼簡單。

無論什麼事情都有彼此的陪伴。

是的，陪伴。以前曾經聽說過這樣的一句話：「所有的感情基礎都在於陪伴，沒有別的了。」我想最深的安全感，是陪伴吧。

這個四季分明的世界裡，熙攘而恢弘龐大的生活就是一場漫無邊際的霖雨，綿綿不絕地落在這些蒼白透明的歲月。我們在這滯重洶湧的河流裡顛沛流離著，經歷隨波逐流的無奈，也備受現實生活的煎熬，我們淋著這場張狂的暴雨，不斷地被淋濕又痊癒，有時候連自己都沒發現，走在這條路上的自己眼眶漸漸濕濡。那個時候我不禁在想，也許活著就是淋一場永不止息的大雨吧，所有冰冷的雨滴打在身上，悲傷和疼痛都無所遁形，像是無邊無際的黑暗裡，摸不著壞掉的燈閘那樣，四處無人也無處可逃。

你看世界就是這樣子，所以要在荒蕪的大雨中尋找一把安身立命的傘是多麼不容易的事，謝謝你願意當我的傘，陪我淋這蒼涼的雨一場，讓我躲，讓我喘息，讓我有一處避風擋雨的地方，讓我在這冷漠浩瀚的世界裡從不孤單，默默地給我溫柔至極的陪伴。我們要感恩，要很清楚明瞭，沒有任何的陪伴是理所當然的。

這個世界太偌大也太遼闊，遇上一個人和錯過一個人都只是短暫幾秒鐘內的事情，每天那麼多的擁有和失去，你好、再見，滴滴答答的時間軸裡，散落著紛紛擾擾的變遷和轉動，明亮的街衢裡人潮擁擠，總可以有成千上萬種不同的理由來訴說別離。時間是那樣子的，對誰都過於公平，我們總是難以抓緊沉落的風景。然而，在這來去如飛的世界裡，只有陪伴是一塵不染的安定，流竄不滅的真心。人們說，陪伴是最長久的告白。

所以，我好想對你說，我擁有的不多，也不想給什麼承諾，我知道那些都很遙遠，也許有一天會來不及實現，可是我給你相濡以沫的陪伴，任春水流蕩，時光散漫，都如最初那樣。

從此以後，天涯海角我陪伴你，無論四季也不問朝夕。

我們會在時光裡不慍不火地陪伴著彼此，也許不再會有讓人心動的情節，取代而之的是最平凡的日常，你工作的時候我煮飯，有時間就一起去溜貓遛狗，走到哪裡你都會牽住我的手。最熟悉的位置裡有著最熟悉的人，而安全感會替代心動感。曾經害怕時間會磨滅一切的我們，原來都只是害怕著失去彼此才如此戰戰兢兢。原來愛情從來不只是感覺，不是只有那些一閃即逝的感動和心悸。還有好多細緻的小日子，等我們一起去過。以後，我們也許不會有那些心動和激情的浪漫，卻會有一輩子細水長流的粗茶淡飯，和你。

我想，這樣子才值得全力去愛吧。畢竟這個世界上要去妥協的事情太多了，那麼，至少愛情就別將就了。

我會和這樣的你相愛，不是別人，只能是你。

原來最好的愛情是，
成就彼此。

1

很多時候，我們都以為愛的目的是為了在一起，要到很久很久以後，才會明白，也不是所有最好的愛情，最終都會在一起。

2

想說一個簡單的故事。

她遇見他的時候，心上還是坑坑窪窪的，好像再也無法填滿那些空洞，有著深深淺淺的傷痕，她如同槁木死灰般，不再能燃起愛的火焰。她答應自己不能再陷入愛情的深海裡面，她遺失了去愛的能力，像是許多受傷的困獸那般，寧願躲在潮濕的洞穴裡覆滿悲歡，也不願在萬花落盡的世界裡感受風霜。

他遇見她的時候，像是之於汪洋大海裡一葉飄浮許久的小船，不知道自己的目的地是哪裡。遇見了很多島嶼卻找不到想要停靠的岸，於是一直隨波逐流，被人群推擁著，卻沒有想要去的地方。他總是茫然，又總是卻步，所有的不安都在世界的倒影下無處遁形，擁擠的街頭找不到能容納自身的地方，迥異分岔，無路可走。

她愛看書，愛寫作，愛天馬行空。

他愛運動，愛搗蛋，愛挑戰自我。

這樣的兩個人，在不多不少的時間裡，剛剛好相遇，不是別人，只能是他和她。拾花釀春，如約而至。

3

其實他們大部分的時間都不在彼此的身邊。

她的課業工作一直都很忙，學分多的同時，還要一邊打工賺錢，剩餘的一點時間就拿來寫作；而他也一樣，打工賺取生活費，上課以及忙學校系學會的事情。兩個人其實都沒什麼時間可以陪伴對方，偶爾的見面，就能讓他們無比快樂。也許是太珍貴，所以更珍惜。

時間久至，他們的生活也出現了變化。

從來不喜歡運動的她，會陪他去爬山，傍晚一起去河堤邊騎腳踏車，怕事的她開始可以嚮往刺激的生活，不再把自己關在室內，終於可以出去曬曬陽光，走出自己暗黑的房間，離開所有陳腐的從前。從來不喜歡看書的他，會慢慢去看她寫的文章，會陪她去逛逛書店，會偷偷凝視她看書時專注的神情。於是浮躁的他開始學會了安靜，學會了專注，學會了耐心，學會了等待，也因為他的發奮努力，而想要和她並肩，成為一個優秀的人。

我相信愛情是這樣的。

第一個感覺是感受到自卑，發現自己的不足。每當你提起那個人的時候，都在自己眼中看上去如此閃閃發亮，那個人是你的英雄和信仰，而你眼中充滿了崇拜。
因為我尚有許多不足，因為我還不夠好，因為還沒能追趕上你的腳步，所以我要更加努力，更加努力地追上你。
為了你，我想要離開所有不堪的從前，我想要變得完整，想要不再傷痕累累地出現在你的面前。
為了妳，我想要變得優秀，變得強大，想要成為幫妳遮風擋雨的大樹，想要當妳休息的船港和臂彎。
我要成為更好的自己。

4

後來她要去韓國留學，他要去沖繩實習。
好像往後更多更多的未來都沒辦法待在彼此的身邊。
她笑著送他離開的那天，他對她說：「謝謝你讓我找到生活的方向，我相信再次見面的時候，我們都會成為更好的人。」
她也發了一張他們的照片，裡面寫道：「我們的笑臉。這是你去日本後的第三個禮拜，總是忍不住去翻開這一年的回憶，有時候我以為會慢慢開始習慣沒有你的生活，可是漸漸地發現，原來你不是我的一個習慣，而是陷進我生命中的一部分，所以時間怎麼過去，我卻沒辦法習慣你不在。我想起自己很久以前寫過的一句話：世界上最溫柔的事，是送在乎的人去走他想走的路。突然想起這樣各自奮鬥的我們，包括我送你去沖繩工作，包括你送我去韓國讀書，我們只是想為了對方而去成為一個更好的人。我知道這些，知道我們都在各自努力著，在不同的地方向著未來前進。只是我很想你，真的很想你。」
我想，愛讓人孤獨，也同時讓人願意承受孤獨。

這就是愛情最好的狀態了吧。
在一起時相濡如沫，分開之時各生安好。

他們的故事還是現在進行式——

5

今天我想要對我喜歡的人講一個小秘密：
「親愛的你，再等等我，等我變好，等我足夠好地站在你的身邊。我還在努力著，請你千萬別喜歡上別人啊。」

6

也不是每段故事都像是他們一樣。

我認識的朋友，每分每秒都在彼此的身邊，總是羨煞旁人，卻也因為如此，身邊漸漸地只剩下對方，慢慢地，他成為了她的世界，而當他離開她的時候，她就失去了自己和全部的世界。也有一些人，為了所愛的人放棄了自己喜歡的事，只為了留在對方的身邊，他們可以做到互相取暖，但卻做不到互相成長。

《樂來樂愛你》上映時，每個人都在嘆息女主角最終沒有跟男主角在一起，他們的愛情並沒有開花結果，算是悲劇收場。然而在看完之後，我卻覺得這可能是他們彼此人生中最美好的愛情了。他們也許最後沒有在一起，是的，不是所有的愛情最終都會有結果，也不是所有有結果的愛情都是好的愛情。我也見過一些在一起多年，卻依然沒辦法成為最好的自己，但他們卻在自己最好的年華裡，成就了彼此，而不是消耗了彼此。讓對方成為更好的人，讓自己成為更好的人。

我們每個人對愛都有不同的想像，有著不同的目標。有一些人的愛是包容，可以包容所有缺點和不足；有一些人的愛是佔有，發誓要霸佔對方的全世界；有一些人的愛是給予，將自己有的全部奉上也沒有一絲怨言；有一些人的愛是成全，捨棄自己擁有的去成就他人想要的；有一些人的愛不只這些模樣，沒有人可以去揣測或評論，每一份愛的對或錯。

但是，親愛的，所有的愛情不能夠只讓我們親吻對方，不能夠只讓我們歡愉，只讓我們有情感上的寄託，它必須有一些更深更深的牽絆，必須對我們的生活有更重要的影響才對。

我一直覺得，愛情中的兩個人在一起不應該是共同擁有一個世界，而是因為彼此，擁有了多一個世界，看見多一些風景，去一些從沒去過的地方，做一些以前從不會做的事，懂得一些過去不懂的道理，學會一些曾經學不會的事情，成就彼此，至少要這樣子，才能算是好的愛情吧。

7

我一直都是這麼相信著的。

每個人終究都會遇上自己掉落的拼圖，那是我們生命中缺漏的碎片。於是我們在旅途中跌跌撞撞，遇見悲傷和疼痛，不斷地成長和磨練出那個不完整的自己，只為了遇見最美的風景。我相信世界上有你鍾情垂青的角落，就像是我相信世界上有只為你綻開的愛一樣。會有的。我會靜靜地這麼許著願，願你此生一路無礙，終能拾獲一生所愛。

只希望，那時候的我們——

時光不失美景，你我莫負星辰。

「在一起時相濡如沫，分開之時各生安好。」

原來最難得的愛，
是自始無終。

經常會有讀者問我，你覺得愛是什麼模樣的。

我想愛情並沒有剛剛好的樣子，每一種愛都是美好的，無論用哪一種方式。有一些人的愛是張狂的，迫不及待地與世界分享，喜歡在愛的人身上刻上記號，讓所有人都知道他們相愛。並不是想要誰的羨慕，而僅僅是想告訴全世界，我屬於這個人，這個人也屬於我，一份單純的心意。他們的愛很高調，從不瞞天過海，從不隱於聲色，率直的喜歡該揭露於海面。

有一些人的愛卻很堅忍，喜歡默默地守候著，不動聲色也不著痕跡，不想聲色犬馬地愛一個人，只管細水長流的等待，不著急，不悲憤，無論對方喜歡也好，不喜歡也罷，都與世界無關。這樣的愛很安靜，像是掉落在湖面上的楓葉，只牽動漣漪，不驚吵季節。

有一些人的愛是無條件付出，只想要拼命地對一個人好，把自己的全部都給對方，儘管掏空了自己去換一份歡喜，給不起一片海洋卻為他溺入深海，光著腳跑在沙石滾落的荒原裡，僅僅為了追逐他的身影，慢慢地給出了自己，卻換不回同樣的溫柔。

有一些人的愛笨拙得像還沒學會跑步的孩子，一路蹣跚卻總是跌倒；想要擁抱一個人卻渾身是刺，一不小心總是扎痛了別人又傷害了自己。像是抖動的手想要穿針引線，像是用力伸手卻搆不著那墜落樹上的風箏，總是用心卻力不從心，想要表達又總是言不由衷。

你看那麼多種愛，用言語又該如何概括所有愛的模樣和形狀。

記得有一次朋友問我，怎麼樣可以愛一個人愛得剛剛好？

你說你開始很依賴他，開始好怕好怕失去他，也開始討厭著這樣的自己、這樣的愛情。

親愛的，是不是我們把愛情設了界線？像是透過淚水看的世界是悲傷的，用笑容撐起的世界是快樂的一樣。當你懷著千瘡百孔的心去對待愛，那這份感情就只能是支離破碎的、只能是悲傷難過的、只能是惴惴不安的，因為一開始自己就給了愛一個負面的定義。在愛的過程中，其實自己早已預設了愛的模樣，假如一有落差就開始失落、開始否定愛情，也否定他否定自己。有時候，只是要純然地相信，先去相信自己和相信他才可以看見愛的。

我說過，愛可以什麼都不是，如果你願意，愛可以什麼都是。

愛一個人啊，怎麼可能愛得剛剛好，想把全世界給了他都來不及，哪有那麼多時間去衡量誰給得多或是誰給得少，深愛的人又怎麼去計較呢？不如就閉上眼睛去感受那些愛情給的風花雪月，哪怕會不安與難過，哪怕會疼痛和悲傷，哪怕最後會失去，也許當你懷著一顆相信的心，僅僅只是相信，就可以和他走好遠好遠的路。

不如就放任地去愛，放縱一點，反正都已經那麼愛了。好不好？

世界上有好多不同的愛，有的至死不渝，有的默默無語；有我們羨慕的美好，也有那些讓人心碎的情節。我們各自擁著對愛不同的想像，在人海中顛沛流離，其實不過是終其一生尋找一個岸，學著怎麼去愛或是被愛，找到一個在愛裡最舒適的方式。為此，我們行經過許多的相遇，也走過許多的失去，為的不過就是尋得那份專屬的愛。

在這裡再說一個故事。

有一段時間女孩很討厭自己，她覺得自己變了一個模樣，不再是那個在人前發光閃亮的自己，不再是人們口中說得那麼美好。她不斷地努力生活卻總是不快樂，她心裡不斷地埋怨著自己，為什麼沒辦法做得更好，為什麼總是那麼歇斯底里。有時候她也知道自己只是太固執，她尋得了許多稱讚，卻始終尋不回最初的自己。

她害怕男孩喜歡的只是大家所看見她的模樣，那個她用了很多力氣而撐起的樣子，但是當年月過去，隨著兩人交付深情，她又害怕男孩會慢慢發現，她並不如表面那個優秀美好溫柔體貼的女孩，而更多的，可能是懦弱不安，也可能是破碎不堪或是敏感細膩。會因為小事就生氣，會因為在乎就心痛，會因為期盼太多而失望，她害怕男孩會漸漸地發現她不是那麼美好，她其實很糟糕，她其實連自己都不喜歡自己。

於是她對男孩說：「好希望無論我變成什麼模樣你都始終愛我如初。像最初你來到我的世界那樣愛我，像當時說不會離開我那樣陪伴我，無論我是好還是壞。」
他說：「我想我不會愛你如初。」
女孩嘆息著，她其實也明白，世界上太多的遺憾，每分每秒都在變動著，怎麼可能在巨大的時間流動中，還會有人站在最原本的地方一直等待著自己呢？畢竟日子在走，時間在走，人也在走，我們都無法知道未來。未來太長，永遠太遠，那些仍然觸不及的時間裡，我們誰都無法斷定相遇和離去。
他又再說了一遍：「我想我不會愛你如初，因為愛會增加，而不是停滯。」
於是女孩明白了，在所有對於愛的想像，其實都是那麼不切實際，原來愛情也可以是任何的形狀。但是她想，世界上最難得的愛，是自始無終。因為他說，愛是會隨著時間遞增，而不是因為時間而消磨。

其實愛就是那個樣子，世界上所有的事情都會累積，愛也是，不愛也是，一旦愛開始了，就會慢慢累積。這條路一旦開始了，就自始無終，不再回頭。
我能想到唯一一個「愛」的標準模樣，就是沒有終結。無論是哪一種愛，都該自始無終，一直愛下去。忽然想起李國修說的一句話：「一輩子做好一件事。」
那麼，第一件事，我希望是愛你到底。

「愛可以什麼都不是，如果你願意，愛可以什麼都是。」

我們都不是最好的人，
卻是彼此之間
剛剛好的人。

／ 記於 2017 年 6 月 13 日，我想把這篇文章獻給我的愛人翰宗。 ／

該怎麼樣去訴說我們的故事才好呢？
每一次當別人問起我們如何相識，我都會說，男朋友是我的讀者。還記得那是三月的時候，你傳來「謝謝你的文字」的短訊，你說在你很低潮的時候，我的文字一直陪伴你走過。最巧合的是，當時我的讀者人數還不多，還沒有很多人認識我，我剛好把所有的訊息都回完，於是你傳訊息來的時候，我就秒回了你。所以到了後來，每當我們一起回顧，都會覺得時間真的是一個非常奇妙的東西，在沒有早也沒有更晚的時間裡，我們在這巨大廣闊的世界裡就這麼碰上了。如果當初的你沒有想要發訊息的話，如果當初的我並沒有馬上回覆的話，後來的故事可能就會不一樣。

我想也許所有的相遇都在冥冥之中有所安排，原來我們從不需要去計劃相遇，因為最好的相遇往往不期而遇。

依然記得當時的我跟自己許了一個約定，如果在年底你仍然還喜歡我的話，那就跟你在一起吧。我想愛情不就是這樣嗎？找個喜歡自己的人，找個對自己好的人，其實是不是真的喜歡他也並非那麼重要。那時候的我已經在城市裡飄泊太久，不太相信這世界上能有本質很純粹的東西，比方說，愛。

那一天和你吵了起來。說了好多刺傷你的話，我說著那些違心的話，以為你會像以往那樣奮不顧身地跑向我，直到你說你會收拾離開，原來我已經好久沒有那麼難過了。我想我就要失去你，然而就在那個將要失去的瞬間，才發現原本一直疑惑的事情或一直在尋找的東西，有了明確的答案。

有一天我去桃園找你，沒有任何預警就這樣去找你。從小到大，總認為一個人走了很遠的路去另一座城市見心愛的人，是一件浪漫的事。我終於想去愛你了，我不想再遵守跟自己的約定，那一刻我才知道，原來真正的愛情是情不自禁。我不要再等什麼時間的經過和考驗，我只想立刻地走到那個人的面前，告訴他，我喜歡他。

於是六月十三日那一天，也就是一年前，我寫了一封很長很長的信給你：

那一天和你吵了起來。我知道自己的那些不安全感，也知道自己總是令你受傷，看著你受傷的時候會覺得心安，會覺得你很在乎我，也會覺得自己是怎麼樣的被你愛著。於是經過那些反覆的傷害，每次好想要相信你的時候，你都會跟我說不要喜歡你、不要愛你了，還說有一天你會離開，然後我聽了心裡好難過，會不會世界上真的沒有要留下來陪我生活的人了。

一直跟你強調時間的重要性，你說得對，有一部分是想要確定你是不是真的愛自己，很多時候，說穿了是自己還不能相信你而已。可是，有一部分我來不及對你說的是，我其實是在等自己。我一直以為我失去了愛人的能力，如果我在那個時候答應了你，應該是受到了感動，但那是在還無法釐清什麼是習慣、什麼是愛、什麼是喜歡的時候，我什麼都給不了你，這樣不是我想要的戀愛。我覺得我太過糟糕，無法好好地去愛那些我愛的人們，那時我是在等待時間過去吧，有一天我可以堂堂正正地拾獲去愛的能力，不再害怕著愛情和失去，就有資格去喜歡上別人了吧。我想這也是我這些年來都沒有再去愛誰的原因，不是因為沒有遇到好的人，而是我把愛的能力弄丟了，再遇見誰都沒辦法給出什麼愛情了。

我從前不相信的。我曾歷經那麼多悲傷的事，童年的囚禁、碎裂的家庭、那些崩毀的承諾、痛心切骨的失去、世界的大風大浪、那些沒有人陪伴的夜晚、睡不著的時候走過的夜路、那麼多憂鬱那麼多失去；也曾盼望過自己能死去，一路走來太多的疼痛、太多的跌撞、也有太多的眼淚了，歷盡這些之後，不再相信愛情，也不再盼望誰能來了，不再希望有人能拾獲那些我的悲傷，不想再失去誰了，所以寧願一直失去自己也沒關係。我不再相信世界上會有個人，想要陪我到世界盡頭，想要等待我在這充滿遺憾的世界裡微笑，想要承受我所有的痛楚和悲傷，想要牽起我的手去看每個日出日落，想要掀起我的頭髮吻遍我所有血淋淋的傷口。我也不相信自己，不再相信自己能拾獲重新去愛的能力，不再相信自己有好起來的勇氣，不再相信自己能夠從那些回憶的房間裡走出去，不再對相信自己仍會對誰滿懷期待。彷彿一直把自己埋葬在過去，知道自己死在那裡，和所有期盼和對未來的希望一起死在那些悲傷裡面。我從前不相信的，真的，無論哪一個人對我說了多感動的話，都不相信世界會讓自己擁有始終愛我如初的人。我所有溫暖的文字都只是渺小的盼望，因為無法做到那些，只能盼望別人可以那麼溫柔的愛著。

昨天我看見最要好的朋友的消息，現正在釜山和她男朋友生活著的文迪，他們相戀五百天了。時間真的過得飛快，還記得那個男生向她告白的那個晚上，她發了訊息給我，訴說著她的惶恐和不安，後來送她去韓國生活。還有阿恩，我記得我送她去美國交換的那一天，我第一次見到她男朋友，我在想著啊，她終於不需要我的保護了，她有了更強大的臂彎。她們都那麼義無反顧地愛著，我看著她們美好的戀愛，我和她們抱著瀞營說：「你知道嗎，我從前不相信的，我不相信這個世界上還會有那麼深情的人，我不相信那些長長久久的承諾，我不相信那些美好的愛情，我從前不相信這些的，可是我每次看著他凝視的時候，我想要相信了，他口中所說的，『總會有一件美好的事，抵銷所有的不快樂——遇見我』。」

遇上你。你和我說過最多的兩句話是，「我喜歡那個做自己的你」和「我要買走你的不快樂」。那個時候我對你說，你在錯的時候遇上我了，你不知道我以前有多美好、有多閃閃發亮。你回說，如果我在那個時候遇上你，我大概不會喜歡上你。第一次聽到有人喜歡這樣的我，你知道嗎？這些年來我做了多少努力，讓家人喜歡，讓朋友喜歡，讓老師喜歡，我拼了命活成他們想要的樣子，把自己藏得那麼深那麼緊，從來沒有對誰訴說那些悲傷和疼痛，直到遇上你，我始終會記得你說過的話——「我喜歡做自己的你。」這些日子我終於有了勇氣去面對那些悲傷的事情，有了勇氣想要向我在乎的人訴說這些，想要告訴他們我不是沒關係，其實這些年過得好苦、受了好多的傷害，我需要你來抱抱我。我也終於有了勇氣去整理自己的悲傷，還敢去直視它們了，不再把它們藏進一個沒有人找得到的角落裡面，因為我想要走出去了，想要從那個囚禁自己那麼久的房間裡逃亡。我有了勇氣用自己的模樣去面對這個世界，因為遇上你。

我其實一直都記得你跟我說過的話。你應該不知道吧，有好幾次聽見那些話的時候，令人想要流眼淚。回到家後把那些話寫在日記上，反反覆覆地回想起來，仍然滿載著讓人心悸的感動。第一次是你說，「我不喜歡你的優點，我只喜歡你的缺點，因為優點誰都可以看得見，可是你的悲傷和傷痛不是每個人都能看得見，我喜歡那樣的你。」第二次是你在我生日那天，你說，「不辛苦，比起你這些年受的苦，我一點都不辛苦。」第三次是前天我們去桃園看完電影回來，你在車上對我說，「原來被你刺傷的感覺是如此踏實，在那一刻我離你最近，我看到最真實的你，我發現我再也離不開你了，你不要推開我了，你推不開我的，我再也不走了。」

遇上你。我對於這個世界原本沒有什麼期望的，還覺得這個世界就是這個樣子了。每天遺憾的事情太多了，太多的失去、太多的痛楚、太多的不甘和不捨……，太多太多我們無法數盡的錯誤會發生，因此，一直覺得自己好不起來了，以後也好不起來了。可是因為有你，終於對未來有了好多的盼望，開始不斷地編織想要的愛情是什麼模樣，也開始有了好多美好的憧憬，我那麼的期盼、那麼的希望，才發現原來是因為你在這裡。

那一天我收到一位讀者的來信，她說：「被你愛的人一定很幸福呢。」我看到的那一刻真的好感動，發現自己原來還擁有去愛的能力，也發現自己好希望能夠讓所愛的人幸福。那一天，把我們相遇的故事從頭回顧了一次，才發現原來好多事情都不是巧合，也不是偶然的相遇，而是為了遇見而長途跋涉，繞了好大一圈的路，然後趕上一場最美的花季，遇見你。

親愛的，以後還要陪我走好多的路，去好多不同的地方散步，我們可以肆意許下好多的承諾還有期盼，然後一起把這些盼望變成現實再來實現。還記得那時候我寫的嗎？愛是什麼呢？愛是陪伴，是此生不換，是永不磨滅的溫柔目光。愛是一起走。你知道嗎？從小到大，我覺得最浪漫的事情，就是一個人走了好遠的路去到另一座城市去見愛的人，我那天坐車去桃園的時候，腦中一直在想的事，以後我想要留下來陪你生活。

我要紀念這一天，是六月十三日，我要和你相愛了。

2016.06.13 04:01

那一天我寫到，我以後要陪你走很多的路，以後要留下來陪你生活，很久很久很久。

原來時間已經飛躍了一個年頭，當然回憶不只這麼少，還有我們一起去沖繩去韓國去香港的記憶，還有很多吵架、意見不合、爭執的時候，還有更多的是，你陪我好起來的記憶。

從我憂鬱症到現在重拾笑容，你一步一步走在我的身邊，在那些我痛哭到失聲的夜晚，你擁我入懷跟我說沒關係有你在，還有很多我想要放棄自己的瞬間，你都會帶著笑臉陪我走下去。這些記憶每想一次都會感動到落淚，而且十分慶幸在我身邊的人是你。我呢，雖然是一個擅於寫文字的人，可是卻從不擅長說情話，總是很任性，難過就把自己藏起來，可是你總會找到縮在角落的我，予我像太陽一樣的溫暖，有時候讓我忘了其實你也需要溫暖。

嘿，翰宗，對不起，一直讓你擔心讓你受傷讓你難過，我們都說過要為了對方成為更好的人，所以接下來的日子也請你多多指教。最後，我想說，我愛你。

往後的日子，我知道只要有你，就不怕顛沛流離。

「原來我們從不需要去計劃相遇，因為最好的相遇往往不期而遇。」

關於失去

回頭看的時候
你會不會有點難過，
你在不知不覺失去了我。

你知不知道，我曾經也是一個擁有很多盼望的人，只是到最後也變得面目可憎。

從什麼時候開始，心上有了一個巨大的窟窿，它好像穿了一個洞，漸漸地越發疼痛，但卻不知道可以怎麼辦，不知道該如何填滿，那麼大、那麼深的沼澤。只能輕輕地拿表皮去壓著它，以為這樣就會看起來完整，以為這樣就能讓自己看起來沒關係，什麼都沒關係。從什麼時候開始，已經不再有無所謂了，儘管你說那些話依然傷得我體無完膚，我總是捨不得去擋，包括所有的期待和失望，包括失望終究演變的失去，都看起來那麼輕。什麼都沒有。也罷了。我想我不該去計較你給予的失望和傷害，總以為那些閃閃發亮的日子不會過去。我常以為倘若我們回到那個路口，就會像從前一樣，彼此無話不談，你會把我捧在手中，你會說那些悲傷而你甘之如飴，你會抱著我說沒關係有我在有我陪你，但這些，都沒有了。我們曾經說過的承諾，說過想要去的地方，說過的天荒地老，所有的夢與想，都沒有了，所以我和你說，我們什麼都沒有，一如既往。

你可能記不起來了吧，那些瑣碎的事情。可能也只是某一次在我痛苦之時，你沒有接到我的電話，也許是你漏掉的訊息，或是無意之中被遺忘的承諾，也或許是在時光裡漸漸失落的盼望，是那天下雨的時候你沒有來嗎？還是冷到發抖的那年冬日你沒有將我的手抓緊呢？還是很多很多孤寂的夜晚等待著你的訊息？或是那句我一直盼著的晚安和早安？

其實我不知道要怎麼計算失去的速度，但我想一定不是瞬間的吧，一定是久經年月的積累，失望和失去的重疊，肯定是在很久以前就已經埋下了伏筆，暖水漸漸變涼的幅度，橡皮筋漸漸鬆軟了韌性，那些都是久經歲月堆積成現在這個樣子。慢慢流失的溫度，緩緩錯過的雙手，默默轉身的身影，你失去的我。也許你已不記得那些事了，它們其實沒有那麼大的傷害，它們並不銳利，只是偶爾，偶爾會在心底扎痛著，然後痛感會消失，但某一天它又會浮現，再扎一下，直到我無法負荷。直到，直到你失去我。

於是慢慢地明白，不是努力就不會錯過，付出就能獲得更多。

我總是在想，我們怎麼會走到這一步。從無話不談，到無話可說。從最熟悉，到最陌生。從親近，到遙遠。從完整，到碎裂。從我們，到只有我。到頭來，你和我都知道，原來習慣一個人，到習慣沒有人，只不過是時間的問題。

也許是捨不得當初說過那些甜蜜的諾言，相信總有一天它們都會成真，於是不斷地給我們機會，給更多的時間，希望那些盼望能重新回來。

也許是不甘心當初那個付出過多的自己，不斷地給予到後來被抽乾而盡的自己。

很多話想要對你說，可是你知道，我們總是什麼都沒有。

從來就不覺得自己是一個溫柔的人，慢慢地，覺得這條路走得太遠，竟也無法回頭，是這樣嗎？你走了之後，才發現是我太依賴你，雖然當初是你說這樣可以、這樣沒關係，最後你卻說，你總要學習一個人。我沒有很明白當中的變遷，就像你不再安慰我的悲傷，就像我慢慢學會對你隱藏，其實，一開始只是覺得你會在意，可是，原來最在意的人是我，總是我。

很多次了，我想起去年我也是個對愛有盼望的人，然後我對你、對這個世界、對於遠方都太失望了，於是失望變成了失去。那時我還跟你說，你正在失去我了，於是我走進了憂鬱裡。你說一切都是因為你，有那麼一刻，聽到你那麼說，我竟然得到一絲快感，是的，是你，是你打碎了我。

時間就這樣飛快地過了一年，對吧，我們也慢慢回到那個時間對吧。就像我每次想要離開你、離開自己的那些瞬間，我都心軟了，總是對你心軟，總是妥協，所以我沒有走，也死不了，以為這樣會更好，以為有些事情等待了就會來，可是我明知道什麼都沒有，就是什麼都沒有，從以前到現在一直都是。

最近我一直在想，這種感覺是什麼，是慢慢放下的感覺嗎？是嗎？我已經沒有把握可以好好地繼續了，繼續努力假裝我沒關係。日子正緩慢地前進了，我以為事情正在逐漸變好，是的，什麼都好起來了，除了我自己。

你以前總是記得我愛喝的飲料，記得我喜歡哪位作家的詩集，經過漂亮的地方總想著要帶我去看看。早上想著我睡醒沒，晚上想著我睡了沒，看著我的動態像是做閱讀理解似的，我說過的每一句話都牢牢記得，訊息秒回。一不開心，即使半夜你也會衝到我的面前擁抱我，冬天就算自己冷得要死也要把外套披在我身上，覺得吻我的時候好像得到全世界。最初的時候，大概都是這樣子累積愛情的。每天每夜多放一點點愛進去，加點晚安，灑點思念。

你曾經是這樣地把我捧在手心上寶貝著。直到哪一天也不知道哪裡出了錯，大概是累了吧，因為一直在愛情裡面努力著，需要自始至終付出，所以想要安逸地懶惰了。反正都愛了也在一起了，也是時候不用努力了吧。愛是累積的。哪有人第一眼就愛得要生要死，必定是時間輾轉至深愛不已。我們都忘了，不愛也是累積的。當深愛遇上失望而不安，當這些與最初時產生強烈的對比，當回憶中的畫面比現實甜蜜，不愛就開始累積。

哪有人可以說不愛就不愛，若不是失望至極，手中的熱水太燙，最後迫不得已放手，攢夠失望而給不出盼望，又怎麼會割捨，又怎麼會失去。

我想我終究會慢慢忘掉那些日子的，慢慢的，緩慢地把那些深入血液裡的記憶，每個瞬間，每個笑容，和你走過的街道，待過的那些凌晨，許過的承諾，慢慢地被時間溶解，我終究會妥協，因為回不去了，回不去啊。我已經把最好的我們都放在那裡了。我曾經以為你和別人不同，至少在你那麼深深了解我之後，我以為你和他們不一樣。原諒我不是那麼強大的人，而你也不是。

那時候聽〈Already Gone〉，我哭了，大概是因為裡面的一句歌詞吧——

I love you enough to let you go.

是的，我想我足夠愛你，足夠愛你到放你走。

我想你正在失去我，只是都無所謂了，我們都已經走到這裡了，都回不去了。

那麼，就慢慢地遺忘了吧。

你不知道吧，
我花了多少的力氣
才讓自己看起來那麼從容地
面對所有失去。

這個沒有你的冬天竟然如此漫長。

我總是想起我和你分開時的場景，曾經幻想過無數個離別的模樣，但我從來沒有想過有一天會以那麼殘忍的方式分開。你在我心裡一直是個溫暖又愛笑、頑皮又活潑開朗的男孩，卻在那時說出了傷害我的話，那一瞬我在想，你怎麼會變成這個樣子。

我想，分開也是好的，終於不用再互相傷害。我知道那些日子，就只是拖著，想要延遲我們分開的期限，也知道無法再拖下去了，我們都累了，所以就停在那裡了，因為我們都知道回不去了啊。

我不停地跟自己說沒關係，真的沒關係。這個世界上總有人會走，也就是這個偌大的世界，太大太大，所以我們要去不同的地方，沒關係。我們終於可以不用互相傷害，我告訴自己這是件好事，真的沒關係。你終於可以有你的天空，你終於不用被我拉扯去到那個黑暗悲傷的世界，你終於可以有我初遇你時燦爛的笑容，這樣真好。

依然記得你來找我的時候，穿著那件牛仔外套，提著星巴克的袋子，那天下著雨，但你來了，雨就停了，然後我們一起散步，甚至到後來，我都以為我們會緩緩慢慢地走下去，沒有盡頭。那時一直沒能跟你說，我的整個生命都在下雨，總是潮濕，總是悲傷，但自從你來到我的世界之後，我的世界就停雨了，開始漸漸地浮出陽光。雖然往後的日子，我又要經歷一段漫長的雨季，那雨會一直持續的下，沒完沒了不知道到什麼時候，而我的溫柔也將在那綿長的雨季裡被潮濕揮發，再也沒有柔軟的地方可以去面對這個世界了，已經沒辦法，再也沒辦法如此溫柔地去愛了。

你可知道，往後那雨，就沒有再停過。

在失去你的日子，我被大雨淋濕了一遍又一遍。

每一個晚上都像是裝了定時炸彈那樣，不斷地、不斷地重覆著我們的故事。當時你朝我走來，清透如洗的笑容，說過的每一句話，我們一同走過的無數個地方，我們做過的事，那些笑聲和淚水，我們的爭吵，你存錢送我的禮物，很多很多，關於你的一切總是如影隨形，充塞著我全部的生活，像是那掉落眼睛的沙，刺痛得分明。但我毫無辦法，只能任由它割痛我，苦澀得流出眼淚來。

我不知道我可以去哪。

我只能這樣子被迫走進時間裡面。像是快要被身後的荒蕪吞蝕而只能很用力地往前跑一樣，我也只能跟隨著人流去到更遠的地方，離你越來越遠的地方，離從前越來越遠。

我那時才知道，失去原來一直都是自己的事情。自己在夜裡歇斯底里地打滾，自己跟自己說，深呼吸，沒事的，不過就是失去心的一部分而已，沒關係，沒關係。一遍又一遍地告訴自己，你要堅強，你要努力，你要好好照顧自己，你要長大，你要學會接受。

這一場雨持續了好久，一直從春天到了冬天。

我開始走進人群，也交了一些新的朋友，他們不像我們的共同朋友那般知道我們之間的故事，他們總是直言不諱地提起一些看似無關重要的事情。但那些是如此細碎又那麼鋒利，我被刺得體無完膚，但是從不伸手去擋，只能任由那些銳利來刺傷我，反正這樣的疼痛，總有一天會漸漸地免疫，就像人的身體構造，在受傷的地方長出很粗、很厚的皮膚那樣，堅忍不拔。

他們有時候會問一些關於以前的戀愛故事，我終於可以若無其事地說出你的名字，把我們這麼刻骨的故事濃縮成三言兩語，搭配著我毫無在意的表情，當他們問起為什麼分開時，我也會笑笑地說，啊，就不喜歡他了啊。

有時候我會覺得這樣子也挺好的。那一條以前和你幾乎每天都會行走的街道，有好一陣子不敢經過，後來我已可以深呼吸地走過去，雖然依然會停佇很久很久，總覺得下一秒你就要從後面抱著我說，你怎麼遲到了啊，寶貝。可是我知道不會有了，所有被捏進時光的片段，都不會重新來過了。那個曾經我轉過身就會看見的身影，已經走得很遠很遠了。

我也慢慢習慣了一個人走路回家，偶爾把自己和朋友聚會的合照放上網路，有時候我看著照片中自己那張笑得燦爛的臉，也覺得心中要漸漸地釋懷了。和好友聊天，她會試探地問起我的心情，我也變得不痛不癢，只是有時從朋友的朋友知道關於你的消息，還是會把房間的燈關掉，狠狠地嘶聲痛哭，然後再把眼淚擦乾，第二天又若無其事地面對人群。

你不知道吧，我曾經不是這個成熟的樣子，我曾經也像個小孩那樣痛了就哭，累了就睡，難受就丟棄世界。我曾經這樣子過，有人離開，我便死皮賴臉地挽留，不斷地追著那些遠去的背影奔跑，等到找不到的時候就停下來，緊抓著過去和回憶。我曾經相信，等待了你就會來，失去的則會有完整的一天，崩塌的可以重建，荒蕪可以再生，我曾經相信，有些事情是永遠不會失去的。只是當弄丟的東西再也找不回來，當遺失的拼圖終究無法完整，當空洞的心臟再也無法修補，於是我明白，我徹徹底底地失去了你。

你不知道吧，我花了好長的時間說服自己，費盡力氣撐起一臉從容，終於不再吵鬧也不再喧囂，終於學會接受遺憾和接受錯過，終於可以面對所有的失去。我終於活成我想要的從容樣子，像是一尊漂亮完美的標本，那樣笑著。

我想我們每個人都有一個放在心裡卻無法聯繫的人，畢竟有些思念只適合埋在最深的地方。這種想念很輕很輕，有時候甚至不知道它存在，輕到我以為就要忘記你了，終於可以過上我的日子，終於能夠慢慢地走向未來。然而，這份想念就像生鏽的斑塊黏在內心的角落裡，從未褪色，反而久經年月一天一天地深固，銹壞地腐蝕，隱隱地作疼。偶爾就在我快要忘記你時，那些過往、那些笑臉和回憶又會排山倒海地傾來，我除了疼痛別無選擇。原來我始終沒能放下，我只是擅於隱瞞，擅於偽裝，笑著走進人群裡，費了那麼多的力氣，卻又徒勞無功地，背著世界，想念你，不留痕跡。

親愛的，我終於開始雲淡風輕地談起你，笑著說那些悲傷的事情，毫不在意地說出你的名字，用全身的力氣和自尊撐起平淡的模樣，費盡心思讓別人覺得我不費吹灰之力地放下你，甚至瞞著天瞞著地瞞著人潮與雨滴走進沒有你的日子。我只是怕，怕別人知道我還那麼那麼地喜歡你。

你不知道吧，我花了多少的力氣才讓自己看起來那麼從容地面對所有失去。

相遇是種運氣，
錯過也是。

世界有八十億人口，再縮小範圍，亞洲有四十四億人，台灣的兩千萬人，香港的八百萬人，台北市的兩百七十萬人，卻連鄰居都很少見面，連轉角也可以錯過。

在這樣一個恢弘又荒忽的世界裡，能和一個人相遇，大概像是無數條交纏而成的蜘蛛絲編織的網，若在這個路口選擇向左拐也許就遇上，若是遲了五分鐘出門也許就錯身，若是搭上了不同班次的火車就無法相鄰坐著，若是考上了更好的學校就無法並肩前行。每天每分每秒都在改變著我們的去路或是歸途，任何一個大大小小、深深淺淺、起起落落的決定，都在為未來譜下另一個不同的故事。

漫蕩蕩的軌跡裡，有些人的路途從不重疊，有些人在不經意裡驀然交錯，有些人卻在另一些人的生命中，用不同的方式留下深長的痕跡。

我永遠記得那一句林夕的歌詞：「在有生的瞬間能遇到你，竟花光所有運氣。」那時我們都覺得和一個人相遇，就是一種運氣。

大概是兩、三年前的這個時候吧，在寒冷的聖誕節那天，沒什麼預警也沒什麼徵兆，這樣和某個人從相遇走到相戀，最後相離。沒有那些狗血的情節，我們也像是普通人一樣，走過許多動人的甜蜜和承諾，擁有夢想中共處的樣子，我們曾經在無數個平凡的夜裡說著很久的以後，有很多想要一起完成的事，有很多想要一起到達的地方，但在日常的磨擦中，漸漸也走向了分別。和大部分的愛情那樣，有著美好的回憶，然而，卻帶不走回憶中最美好的我們，我們被迫在人群之中走向各自的未來，我們離開了原本的地方，離開了回憶，離開了彼此，也離開當時的自己。

當然還有很多這樣的時候，你和誰成為最要好的朋友，你們擁有了最美好而熱血的一大段青春圖騰，你們手裡捧著勇敢和無悔，說好要一起走到很遙遠的未來。在別人的眼中你們或許幼稚、或許無聊，但總是相互力挺對方，平常滿口難聽的話，到了對方難堪的時候，卻比任何人都要堅定地相信對方，那時你覺得，你永遠要當他的後盾。後來，你們去了不同的學校，漸漸遠離從前的你們，走進沒有彼此的生活，你們還是會偶爾見面，但當再次重聚一起，那些曾經連結你們之間的橋樑早已在不知不覺中瓦解和崩塌，你突然找不到話題可說，從前讓你奮不顧身的東西都已不復存在，於是你笑了笑。說起自己新的生活，他也笑了笑，說：「這樣真好。」然後，你們回到屬於自己的生活，你偶爾想起他，想起那些瘋狂的曾經，你懷念你們，也懷念從前的自己。

假如早就預見了與某個人的離別，你還會選擇和他相遇嗎？

有些人會選擇不，可能是你早就後悔與某些人的相遇，那些人在你生命中掀起了一些負面作用，帶來無數的傷害，讓你難受和失落，讓你不再選擇善良與相遇，讓你在往後的人生裡不斷地被這曾經所刺痛，讓你不再完整，讓之前給予的時間和心思都顯得白費。你覺得倒霉至極，遇見這些人像是生命中的污點，或許是背叛，或許是謊言，或許是一些更加黑暗惡毒的東西。你總在想，假如沒有遇上這些人，人生會更加美好，你可能還會奮不顧身，還會有著純真和勇氣。你恨著那些人的出現，肆意地搗毀你的世界。

有些人仍然會選擇不，並不是因為遇見的人有多麼不好，而是算上自己花費的時間和精力，這些青春和日子，所有的努力和淚水，都因為沒能走到最後而化為灰燼。於是你心疼自己的付出，在乎自己的輸贏，你也許覺得沒有走到最後，都是徒勞，都是失去。

在相遇之前，我們誰都不知道這將是一場怎麼樣的相遇，也不知道這條路可以走多久，這一切都得要經歷過才能夠顯影成形。其實，無論是哪一種選擇，都無法重新來過。於是你知道，所有的相遇都是必然，而所有的錯過，也是必然。

到最後才發現，原來我們木來就一無所有。

不懂得什麼是愛、什麼是善待、什麼是溫柔、什麼是遷就、什麼是難過、什麼是過錯，我們在漫漫時光裡，和千萬人擦肩相遇，踏進別人的世界又走出，漸漸從原本的粗糙變成現在的模樣，漸漸懂得有些事無可奈何，有些事不得不可，有些事無論怎麼努力也沒辦法。

同樣地，錯過也是如此吧。有些人來到你的世界告訴你值得被愛，有些人成為你的阻礙，也有些人來到你的世界，只是為了和你錯過，讓你長大，讓你飛翔。

我相信這個世界是這樣的，我們每個人都像是獨一無二的拼圖缺塊，唯有相對應的拼圖才可以完整自己，成就彼此，於是我們和不同的人相遇，在遇見的過程不斷地磨合。有時候我們會遇到錯誤的拼圖，彼此的稜角互相傷害，直到離開後，我們才能又踏上尋找對的那一塊的路上。你看，我們多有運氣，才能與誰錯過，才能再與誰相遇。

一生太短太短，可是世界太大，必須走過很多不同的地方，看見很多不同的風景，在漫漫的歲月洪荒，要和一個人相遇是件多麼困難的事情。後來想了想，這個世界的遺憾那麼多，能遇見彼此已經非常不錯，我們還有什麼資格去質問誰的過錯、誰的離開、誰的失去呢？我想，我們都是時間裡的細沙，如果有一天你和我擦身而過，我不會忘記你曾經給予我的那些，或是你後來拿走的那些；我知道你帶走的終究有一天會有另一個人出現，他會填補所有失去你的縫隙，他會撫平所有你給的傷害，他會慢慢洗去我和你的記憶。

可是我始終非常感激，在漫長的歲月裡有你留下的痕跡，無論是美好的回憶讓我流連忘返，還是疼痛的悲傷讓我痛不欲生，我都感謝你，感謝過去，感謝錯過的我們，感謝離我而去的你。我知道，世界過於荒漠，能夠相遇就是了不起的運氣，能夠錯過也是。

原來我們走到最後，經歷相遇和錯過，都不曾辜負彼此。以後就這樣了吧，遇見的就好好珍惜，錯過的就好好道別。我想這樣就夠了，這樣我們的遇見就有意義，我們的離別總要成就些什麼，對吧？一個跌宕的故事，兩個更好的人。

後來，我終於把你
歸還給茫茫人海。

1

已經不能在這樣的滯重的空間裡呼吸了。

林微然看著空空如也的抽屜，還有裡面的一張紙條「有本事你自己去找啊」，倒抽了一口氣。

她向前方那幾個在竊笑的女生橫掃了一眼，又望一下走廊外面，確定沒有老師之後，「吱啞」一聲，推開了有點殘舊的木桌。

這突兀的聲響在靜謐的教室裡滑過，她坦蕩蕩地走了出去。

世界是那樣縮成安靜的繭。

所有夏蟬的窸窣聲都逐漸遠去，那些落日的餘暉歸於地表，秋風過耳，流離薄涼，霧靄升沉。抬頭是月光冷冷的斜影，灰塵在燈光下安然飄散，伸手卻也依舊什麼都捉不住。

她站在學校的頂樓，有風吹過她極短的頭髮，晚自習後，學校顯然變得疏冷。

眼角的餘光，看見天台頂樓旁的煙囪那裡有一條繩子，她往下一瞥，正是她「遺失」的那些課本。

總有一些時候，你的生命充滿了密密麻麻的厭惡。

甚至難以將它們全數吐出，只能任由那些毒素在皮下徒勞的沸騰，像是猥小的水泡正在發芽，你不忍去戳破它，不忍讓它成為醜惡的疤。

於是她只能爬上護欄去抓住那條綁著她書本的繩子。

從未有一刻如此接近天空。什麼聲音都沒有，只有越來越靠近荒蕪。

就差那麼一點點……就差一點點就搆著了……就差……

身後有什麼很用力、很用力地拉扯著她——

她一個撲空從護攔那麼高的地方，掉落回地面，擦破了皮。

「喂，妳怎麼那麼想不開要跳樓啊！」

當頭劈下的一聲暴響，林微然抬起頭看著面前這個人，皺緊了眉。

安河朝她大吼，她非常不解地盯著他，低聲靜靜地說：「我沒有要跳樓。」

然後，她指了指那一條繩子，繼續說：「我只是想要撿起我的書。」

空氣中大概安靜了三秒。可以說是非常地尷尬。

安河收回自己看似暴戾的表情，笑了起來，「哈哈哈哈哈……對不起……」

這應該是她能想像到的最無語的相遇。

於是她一聲不響又默默地爬上護欄，卻又再次被他捉住。

「我來幫妳吧。」

她轉過頭看他，第一次正視他的臉。

五官算是精緻的，頭髮短短的看起來格外乾淨陽光，輪廓在夜晚的微光下顯得特別有稜有角，摻著一種拙鈍的衝勁和熱誠，臉上是安暖的笑容，聲音清透如洗。

在往後很久很久的年華裡，這一抹憨厚又帶點清澈的笑容，總是不由自主地在她受傷的時候浮現，好像在那些最需要他之時，都能及時降臨的一份厚暖。

一定是因為這樣，讓那段樸素卻絕望的高中時光，添加了一丁點的希望，也就是因為這微弱的光芒，像極了黑暗隧道的盡頭末處，那細碎而一晃不見的光點，拉扯著她高中歲月裡的月夕花朝，讓她如此筆直地朝著遠處而行。

「妳的書怎麼會弄成這樣？」他把繩子拉了上來，發現書本濕漉漉的。

林微然沒有說話。

「被欺負了？」

安河把書本遞給她，然後就一屁股靠著牆壁坐了下來。

她看了看他，沒有說話，見他示意她坐下，她就把書本丟在地板上，也坐了下來。

「跟妳說一個秘密，我今天失戀了。」他嘆了嘆氣。

「哦。」

「我喜歡了寧瑄四年，被她狠狠拒絕了四次。」

「哦。」

「不過，我想也沒關係，我喜歡她跟她喜不喜歡我又沒有關係，妳說對不對？」

「嗯。」

「妳呢？妳有喜歡的人嗎？」

「沒有。」

「哦，挺好的。喜歡一個人真他媽痛苦。」

「嗯。」

當時她的一句「嗯」並不知道那代表什麼意思，眼前，她想要表達的是她聽到他的話了；但他聽到的是，她同意他說的話。高二應該是一個莽撞的年紀，喜歡是什麼，痛苦是什麼，當時懂得什麼，他們其實並不清楚那些未知的水域，所以只能急切地承認那份湧自於胸口的悸動和心跳，是面前最重要的事情。

2

該怎麼定義那一段時光呢？

像是泡進水的棉花那樣，一點一滴被浸蝕，被水泡得潰不成形，然後逐漸地溶解進渾濁的水裡面，那樣緩緩失去所有感知。

林微然的高中生活大概就是這樣子。

從被人嘲笑，被人改不同的綽號，到後來越演越烈，向老師打小報告，藏起她的東西，丟掉她的課本，她也慢慢從一開始劇烈地反抗，到後來毫無知覺，像死去的細胞那樣，再也沒有牽動起任何情緒。見怪不怪的她，持續著每一天、每一天的盼望是，長大，然後離開這個地方。

就當作是時光裡壞掉的一部分吧，往後的日子再把它裁剪出來，扔進垃圾埇裡就好。

得過且過的每一天，都被她這樣咬著牙關經歷過去了。

特別黑暗的日子，最好不要期盼光。

午休。

她去完洗手間後回到了自己的教室，非常奇怪地，教室裡沒有半個人影，她坐回自己的位子，有些人從走廊經過卻停在了那裡。透過玻璃窗看出去，慢慢地，聚集越來越多的人。

她瞪了他們一眼，心裡覺得有些異樣，但又說不準是什麼。

於是，她只能照常地從抽屜拿出自己的便當盒。

他們似乎在討論著什麼。

當她打開便當盒，隨之撲面而來的是一陣酸臭，眼前是不知名的液體被倒進了她的飯盒裡，她驚愕住，胃的深處有什麼開始翻騰，只想吐。

耳邊有好多細細碎碎的爭論聲，夾雜著笑聲全部撞進她的耳膜裡。

她曾以為她已經不會再被他們的把戲給嚇到了，然而，這似乎超出了她的想像，她一瞬間不知道怎麼反應過來，只能怔住在那裡，惡臭依舊充塞著她。

那些人起鬨的聲音開始漸漸轉細，許多動靜合在一起，卻慢慢變得沒有聲音，變成了發狠的白光，一股溫熱的感覺從鼻腔湧了上來，濕潤了雙眼，世界乍然失去了聲響。

該怎麼辦。好想哭。

然後是從無聲又漸漸恢復了聲音，他們又再起鬨著，淚水模糊了視線，卻好像有什麼在朦朧裡穿透過來。

有人拉起了她。

「走。」

是誰的聲音呢？

她一瞬間沒能從那些記憶的片段裡尋找出相對應的臉孔。

是誰呢？

那個人拉著她離開了教室，走出了人群。

他左手抓著她的手，右手拿著那個惡臭的便當盒，對那群人說：「你們那麼想吃，給你們吃好了。」然後朝他們潑過去，二話不說就拉著她走。

「妳怎麼就那麼傻啊？」

等林微然清醒過來，面前是安河發怒的臉。

她用力地把眼淚逼回去，揉揉眼睛，終於看清楚他了。

「給。」他在福利社買了瓶熱牛奶給她。

「我告訴妳，要是他們敢再欺負妳，妳就來找我安河，我保護妳。」

他篤定地望著她，她凝視著他的臉，嘴角微微的受了傷，用OK繃貼起來了，眼角也有一點小破皮，樣子依舊沉穩正氣。

「你的臉怎麼了？」

「我的好哥們被人欺負就替他們還回去。」

「你怎麼那麼衝？」

「對啊，哈哈，他們也是這麼說我的。」

林微然這才終於笑了一下。

她那個時候就曉得，安河這個人骨子裡有一份剛強和義氣，看不慣那些不公的事情，總是為了那些事情而弄傷自己，包括上一次在天台「救」了她，包括這次替她解圍，包括往後許多次保護她的時候，都是這樣的。像是一個強大的存在，想要在自己的翼下守護所有的人，而她在那個時候就知道，她只是那裡面的其中一個，其中一個比較可憐的存在，而已。

只是這樣的情節，能發生在她身上已經是非常難得了，那時的她在想，她會記住這一刻很久很久吧。那一股熱流竄進心房，是一份比淚水還要熾熱的躁動，從神經末梢蛻出皮層。十七歲的她，仍然不懂是什麼。

3

因為這件事，安河開始和她變得熟稔起來。

經常有事沒事就跑到她的班上看一看她有沒有被人欺負，久而久之也就成了一種習慣，看見她被欺負的時候就幫她出頭，看見她一個人默默在角落吃飯的時候就陪她吃飯。

然後，她發現他其實也不是那種乖乖牌的學生。

跟她一樣逃課不在話下，還常常和朋友在外面打架。

有天晚上，她突然接到他的電話，他問她，有空嗎。

她看了看時間，已經是十一點多了。

「如果妳有時間就陪陪我。」他氣惱地說。

林微然也無所謂，平常也只有她一個人在家。

「妳在哪？我去找妳。」他對著她說，永遠都是那麼堅定的語氣。

她報了自己家的地址。

過沒多久，當她一打開門，就看見一抹鮮血映入眼眸。

他的臉流著血，走路也一拐一拐的，他朝她走了兩步，卻一個踉蹌倒入她的懷裡。

「抱歉……我有點疼……」他就這樣軟在她的懷抱，語氣懨懨的。

「你怎麼會這個樣子？」

微然把他扶進了屋裡，讓他躺在沙發上，輕輕地把他的頭靠在沙發柔軟的布上。

她趕緊去準備了熱水和醫藥箱，先細膩地幫他擦去那些微乾的血跡。

「我啊，有個很要好的朋友，他也像妳一樣常常被別人霸凌，可是他就是膽子小，又不敢吭聲。今天下課，那一群人就把他叫去學校的後巷，讓他把錢都交出來，他是單親家庭，本來就沒什麼錢，根本繳不出來，於是就被那一群人暴揍，我為了救他，也被暴揍，啊哈哈哈哈哈，是不是很沒用。」他緩緩地說。

她一邊聽他說，一邊安靜地擦拭，偶爾力道有點重的時候，他會微微驚叫一聲，然後又繼續說著，「妳呢，怎麼家裡都沒人？」

「……我爸在我很小的時候就跑了，剩我跟我媽一起生活，我媽身體不好，常年住院，所以家裡一直都只有我一個。」

安河看著她面無表情的臉，突然覺得一陣心酸，為了緩和尷尬，他又笑笑地說：「我其實有時候也很孬，我現在來找妳是因為我不敢回家，我爸看了會打我，打得更嚴重，我家管得很嚴，特別是我爸再婚之後，我就天天不想回家……」

「嗯。」她低頭，替他抹了藥膏。

「還有，今天中午的時候我有見到寧瑄，她跟一個不知道是誰的男生走得特別近，我真的巴不得走上前把那個男生掐死！」

「嗯。」

「欸，妳雖然長得那麼像男生卻也挺細心的嘛……」

「……」

「所以他們都管妳叫男人婆，不是嗎……」

「閉嘴。」

那是第一次他寄宿在她家裡。

往後還有好多個日子，他不想回家，就來找她。他受傷了滿頭是血，也來找她。他失戀被同一個女生拒絕了五六七八次，喝得爛醉，都來找她。

她像是一座沉靜的山巒，任由雲雨掀動，風吹樹倒，也難以喧騰起任何情緒，只能默默地杵在那裡，不聲不響地接受世界所給她任何的喧騰，就像在他身邊那樣。

世界上也許真的有一些事情永遠無法清楚地界定。

像是天亮與落日之際該稱為什麼，那處於光與暗的平衡點，是灰嗎？也不是，那會是確切的白，還是必然的黑嗎？可能也不是。那麼，這一種感覺是什麼，她不敢去思考，甚至不敢拿世界上任何一個詞語來含括這當中千絲萬縷的牽連，只能任由滋生的發泡錠在皮下徒長。

那些問題、那些答案、那些顯而易見的是非題，都選擇視而不見，而當它們不再鮮明，那就永遠不會有什麼定案。這樣就好，她想。

也許有些事情永遠都不會有答案，永遠都不用去說明。

4

高三的時候，他無意之中得知寧瑄想要考的大學，於是發憤圖強地讀書。

對於從不認真讀書的他而言，所有的課業都顯得那麼沉重，而他的朋友們，顯然都不是一群會念書的哥們，他的身邊只有這麼一個她，可以陪他念書。

「喂，妳想要考什麼學校呢？」

「可能考去南方的藝術學院吧。」她說。

「那麼巧，我也想要考那邊的學校，嘿嘿，這樣我們又可以常常見面啦！」他翻了翻她借給他課本，裡面滿滿是她上課畫的插畫。

那個時候的她，從來沒有想過未來的自己要去哪裡。在她的前面，永遠有一個發光的人安暖著她的生活，不知不覺地，她習慣了跟著那一團光跑，也許她並不知道目的地是哪裡，但她有時也會在想，去哪可能也沒有那麼重要。

就像是她知道安河是跟著寧瑄跑，而她也不過是那樣子吧，只是有一些暗藏著的心事，他可能永遠都不會知道。

於是時間打馬而過，寧瑄考上了心儀的學校，她考上了那所藝術學院，他卻沒能考上寧瑄的大學。

林微然頓時覺得非常茫然，她將要去到一個沒有他的城市，她想過無數種解決的方法，最直接的一種就是不要去，一起和他留在這裡。

「妳怎麼那麼傻啊？」他說。

像是很久以前，在她忍氣吞聲被別人欺負的時候，他罵她那樣。

「我一定會找辦法去那邊的啊，我喜歡了她四年，怎麼可能因為這樣就放棄！」他意氣風發地說，沒有任何猶豫，一如既往的篤定，好像任何事情在他眼裡都是浮雲，只要他願意，就可以做到。

於是他為了寧瑄，找了一份在那個城市裡的工作。

她不禁在想，喜歡一個人到底有多大的力量。他可以為了她努力，為了她奮鬥，為了她堅強，一路走得跌跌撞撞，卻是滿心歡喜，從不言氣餒，從不輕易妥協放棄。就像是跟他相識的那一天，在天台的那個夜晚，他的眼睛裡有个落的星辰，他在年少之時就已經說出「我喜歡她跟她喜不喜歡我又沒有關係」這樣的話。

這樣的喜歡，跟她的喜歡比起來，太過偉大，而她怎麼可能與他相比，她的喜歡甚至連自己都難以認同，太過卑微，太過渺小。

所以從很久很久以前，她就決定了，抹殺所有的可能，沒有開始，就沒有結束。

5

大一結束的那年。

林微然在宿舍接到醫院打來的電話，說安河受了很嚴重的傷，住院了。

她還來不及裝扮，臉上都是畫畫時弄到的水彩顏料，就連頭髮也不修邊幅，但她沒有顧及那麼多，就像是身體直接反應那樣，想都沒想就叫了車去找他。

他躺在床上，失去了從前所有的生氣，連結著他身體的點滴就緩緩均勻地滴著，他像死了一樣躺在那裡。

臉上鼻腫臉青的傷痕，他的衣服沾滿了血液，鮮血的紅刺痛她的雙眼。

高中那些日子裡，就算是打架也從來沒有那麼嚴重過，她站在床邊，忽然不知道該怎麼辦。

一直以來，他像一棵大樹，總是為她遮風擋雨，她躲在他的裡面，永遠都是溫暖和安心的，供她遮炎避寒，不言朝夕，韶華若素。

她哭了。

哭得特別兇，就算被同學欺負，被所有人霸凌，連母親病發送進醫院，她都沒有哭得那麼慘過。

她問了與安河同行的兄弟，為什麼他會傷得那麼嚴重。

那個人告訴她，因為寧瑄在學校被一群男生欺負，安河知道這件事之後就單槍匹馬去找那一群人算帳，後來他們幾個兄弟知道了也趕過去幫忙，兩邊都傷得很重。當中安河因傷到頭破血流，被送了進醫院。

那個晚上，林微然守在他的床前，一刻未眠。

安河渾渾沌沌地醒了，她一聲不哼地望著他，一時無法言語。

「妳怎麼來了？」

「你差點死掉你知不知道。」她靜靜地說。

「寧瑄呢？她沒事吧？」

她沒有說話，像以往那樣總是沒有說話，她以為把所有的心事寫進眼裡，有一天他也許會讀懂。然而，他的眼裡早已有了一個巨大的存在，自此之後，他的雙眼再也裝不進別的風景，月夕花朝都無所附麗。

她早就知道，她早就知道。

她的少年啊，安河。

她問朋友拿到了寧瑄的聯絡方式，第二天就去學校找她。

她告訴寧瑄，這些年月裡，有那麼一個男孩，為了她做盡了任何事情；有那麼一個男孩，喜歡她喜歡到連自己的生命都不屑一顧；有那麼一個男孩，想盡了辦法想要把全部都給她。他的名字叫做安河，他喜歡一個叫做寧瑄的女孩子六年了。如果可以的話，請不要辜負他。

寧瑄顯然非常的訝異，她沒有想到那個一直窮追不捨的男生，竟然在背後為了她做了那麼多的事情。

寧瑄問她，妳是誰的時候，林微然想都沒想，便回答：「我是他的兄弟。」

那一天，她帶著寧瑄去醫院找安河，她送寧瑄進去病房時，自己卻沒有走進去。

她忽然想起那一首非常老的歌，是這麼唱著：

看著她走向你　那幅畫面多美麗　如果我會哭泣也是因為歡喜
地球上　兩個人　能相遇不容易　作不成你的情人我仍感激
很愛很愛你　所以願意不牽絆你　往更多幸福的地方飛去
很愛很愛你　只有讓你擁有愛情　我才安心

6

大二之後，安河終於開始走近寧瑄的身旁。

也許有一天，寧瑄會慢慢記得安河在背後為她做過的事情，可是，就算到了很遙遠的以後，林微然在想，他永遠不會知道自己為他做過的事情。

直到大三的某一天，他發了訊息跟她說：

「微然，我等了寧瑄七年，終於等到她了。」

那是一個她走出畫室的平凡午後。

她看著訊息發著怔，嘴邊慢慢地展出一抹動容的笑容，過了很久以後，她揉著眼睛才摸到一把水漬。

那時候她才明白，原來在有些人的生命裡，自己永遠只能是配角。

在那一瞬間，所有關於他的記憶傾盆而來，像海嘯一樣淹沒了她，她想起好多他們一起經歷的事情，他的樣子和自己的青春全都糊皺在一起，漫長地碾過每一個夏季。

第一次牽手，是那天他在全班面前救了她，把她拉出教室的那一刻，以致到了很久的後來，每當她遇到危險，閉上雙目，都像是回到那一天，靠著他回頭看她的那一抹笑容撐過許多黑暗的日子。

第一次擁抱，是他打架完那一天跑來她家，她扶他進門的那一刻，他撲倒在她的懷裡。他身上有清新的味道，有血的腥，有晚風的涼，所有溫暖的要素全都凝結在一起。

第一次接吻，是他睡在她家的那天，睡得安恬如嬰，偷偷地，她親吻他的額頭，他悄悄地動了一下，翻了身卻沒有醒來。有時候她不禁想，如果那一刻他醒來了，他們的故事會不會不一樣？

還有每一次他向寧瑄表白失敗的時候，喝得爛醉，神志不清地倒在她的客廳裡。

他說，沒有在一起，又談何失去。
她想他不懂，她失去的是她的喜歡。

還有每一次他對她說「兄弟，有你真好。」那時她就知道，她親愛的安河，永遠都不會屬於她。

也許擁有一個人有很多種方式，並不是一定要在一起才算擁有，我覺得這樣也挺好的，素時景年，你的時光裡有我，就是我最美好的擁有。
而我的失去，是在你往後很長的餘生裡，都無法再陪你走了。

我耗盡我的青春，卻始終沒能走進你的世界。

7

那一天，她如常地走出教室。
下課時候的大廳總是水洩不通，滿滿是人，密密麻麻地交錯著，有的人離開，有的人在等待別人一起去吃晚餐，各自奔波。
她從二樓望下去，剛好看見安河站在人群裡面，彷彿在等著誰。

林微然想要開口叫他。
可能是太吵雜了，他並沒有留意到她的聲音，反而轉過身來喊著：「寧瑄！寧瑄！」
林微然看著那個埋在人潮裡的安河，忽然有了想哭的衝動。
她想起他說過的話。
「喜歡一個人真他媽痛苦。」
「你怎麼那麼傻啊？」

他的身影終於消失在人群中，泯然眾人，直到她再也找不到他。
他曾經是她嚮往的去路，可是往後卻不再是她的歸途。
我的少年啊，安河。
我終於要把你歸還給茫茫人海。
我終於捨得讓你離開。

8

高中畢業那天，最後一次和他站在那個天台上，
那一天繁星依然高燦，夜闌人靜，垂落的星伸手可及，像是他來到她世界的那天一樣。
她依然記得那天她站在離天空很近的地方，抬頭是巨大的月光，低頭是她想逃離的黑暗，

身後是溫暖如陽的他。

那天晚上她問他：「你覺得很喜歡過的東西，會有一天忘記嗎？」

「會吧。」

「就算很喜歡、很喜歡也會忘記嗎？」

「會吧。」

她看著他，他閉著眼休息，感受涼風吹拂臉龐，也許是剛剛表白失敗的關係，感覺他的語氣裡有點賭氣的成分。

「是嗎？我想我不會呢。」

她不知道他有沒有聽見，或許她真正想要的，並不是他聽得見自己的話，而像是宣告式那般，告訴自己。

她十七歲那年，很喜歡的那個男孩，她永遠不會忘記。

「那時候她才明白，原來在有些人的生命裡，
自己永遠只能是配角。」

有了失去，
才有了後來的相遇。

0

無論你經歷了什麼苦難，總有一個人的出現，讓你原諒上天對你所有的刁難。

——宮崎駿

1

手機螢幕上顯示著「安河」兩個字，霓光深深地映入林微然的眼簾。

已經好久沒有接到他的電話，久到有時她會以為她的生命裡已經失去他的存在，像是被大雨碾過的城市，總有一天雨漬也被風乾，消聲匿跡像是不曾來過那樣。

「喂。」

「欸，林微然妳有沒有空跟我們一起吃個飯啊？」他說，依然是從前輕鬆的語氣。

「可是我最近都在趕畢業製作。」

她婉拒，彷彿又在心裡多畫下一條界線。

「哦，那之後再說。」

「嗯，好。」

沒有牽動任何情緒，宛如世界上最平靜的河面。

原來很多事情，已經走得那麼遠了。

她知道有一些人注定是沒辦法同路的，他們只會並肩走一段路，到了分岔路口的時，她就要把他歸還給未來。她知道自己早在很久以前就已經準備好，失去他。

2

大四，快要畢業的她，為了尋找靈感來到學校附近一個湖泊寫生。

那是她系上寫生的一個挺受歡迎的地方，因為離學校近，而且風景也極美，湖泊汩汩，山川湛湛，梧桐落葉，朽木生花。

正當林微然把顏料都攤出來，準備下筆把這溪澗淺落的場景畫下來時，她的身後響起了一把聲音。

「不好意思，請問可以跟妳借一下顏料嗎？」他走到她的身後，聲音低柔。

這時，她猛然轉身，望著面前這個男生，她認出了他。

他是那個叫做溫澤的男生吧，是她系上一個畫畫十分出色的人，總是包辦學校繪畫比賽的冠軍，而系上的美術館也常把他的作品展示出來讓大家參考，所以她多多少少也還對他有點印象。

她看得有點怔了。

倏地，她回過神來，靜靜地把手上的顏料遞給了他。

「謝謝。」他輕聲說，露出一抹光磊而薄透的笑容。

她也笑了笑，沒有回應。

這時，林微然的電話響起了。

「微然，我是住在隔壁的阿姨，妳媽媽剛剛在家裡暈倒了，現在被送到醫院，妳趕快過來吧！」手機裡傳來阿姨憂心忡忡的聲音。

她當頭覺得被雷劈中似的，腦袋裡一片空白。

媽媽從她小時候就一直身體不好，很常住在醫院，最近情況好轉了一些才回家住了一陣子，結果不出兩、三個禮拜又出事了。

「好的，阿姨。我馬上趕回去，是之前的醫院對嗎？」

林微然忽然覺得不知所措，身體緊張得微微發抖，她放下手頭上的畫筆，也來不及收拾自己的畫具，轉身就快步地走開了。

溫澤感覺到一些異樣，他甚至還來不及叫住她，她就離開了。

她的臉色蒼白，眉間深皺，帶著一絲倔強和不屈，有點冷，有點遙遠。

那些她的畫具和顏料，全都留在原地，他低頭沉思了一下，摸一摸鼻樑，悄悄地幫她把東西全部都收拾起來，看到那個寫在畫本上的名字，林微然。

林微然、林微然。

挺好聽的名字。

那時溫澤還不知道，這樣的一個名字從此就墜落在他的世界，久落不下，深深地鐫刻進他的生命中，月夕花朝都不再殞落。

一個名字，一個故事。

再一次聽到這個女生的名字，是在一門系上的選修課上。

老師點過他的名字之後，喊到「林微然」，班上寂靜一片，沒有人回應。

「林微然沒有來嗎？」

溫澤的腦袋突然蹦出那一天她離開時的畫面。

身型嬌小的她，一頭俐落的短髮，不苟言笑卻沉靜安穩，背影柔軟卻又堅強。

「林微然？」老師再重覆一次她的名字。

這時溫澤舉手，禮貌地跟老師說道：「林微然請假。」

其實，那時的他也不明白自己為什麼會有這樣的舉動，只是聽到她說馬上趕去醫院，那勢必也是有什麼重要的事情吧，他想。

3

一個多星期之後，林微然終於回到學校。

母親的情況比想像中的嚴重，她在醫院抽不了身，必須二十四小時照顧媽媽的起居飲食，也沒辦法上課，只好這天抽出時間來學校處理請假的事情。

回到班裡面，其中一個女同學告訴她，這一個多禮拜，一直有人來班上找她。

「誰？」

「溫澤啊，繪畫比賽冠軍的那個溫澤啊。」

「哦。」

她因為媽媽的事情完全把那天的事給忘了，這才想起自己的那一套畫具還有顏料，啊，莫非溫澤來找她是為了這件事？

下課的鈴鐘響起之後，林微然隨著班導走出了教室。

「老師，不好意思，我想請你在請假單簽名。」她向老師鞠了躬。

「林微然，妳這樣經常請假已經嚴重耽誤了學業，妳這次又一個多禮拜沒來上課，到底是怎麼回事？」老師顯然有點生氣，開始指著她罵。

「家裡出了點事情。」

「出了事情？妳每次都說出了事情！每個學生的家裡出了點事情就可以不用來上課了

嗎？」老師暴怒地質疑她。

林微然低下頭，沒有再反駁什麼。

「這次我不會再幫妳簽名了，現在大家都忙著畢業製作，妳卻連學校都不來，這關乎妳能不能順利畢業，妳自己好自為之！」

她垂頭，嘆著氣，目送老師舉步離開。

人生，這樣的事情很多。

生活裡滿是發酸的惡意，每個人都擁有自己的苦衷，但鮮少會諒解別人的苦衷。許多的痛楚和委屈在別人的眼裡都不怎麼重要，甚至是多餘，只有自己知道那些事重若千鈞，深深地困住自己，難以前行。

無數個這樣的時刻，你覺得這個世界糟透了。那些人的嘴臉，惡毒的血液，自私的想法充斥在每個人的生命裡。

可是你能怎樣呢，其實也並不能怎麼樣。

因為許多事情，在你的生命中已無法逃開。

她緩緩地走回教室，班上的人已經走得七七八八，剩下零碎寥落的幾個人。

窗口有日落的餘暉透過玻璃映射進來，帶著久刻在窗戶上濁濁的污跡，灑在她白皙的臉上，揚起微微一圈圈的灰塵。

她低頭收拾自己的課本，已經好久沒有休息的她只覺得腦子一空，眼眸充斥著濕氣，鼻腔是一陣溫酸的感覺，驀地眼淚就掉了下來。

有點刺眼的夕陽，還有那一片與她無關的光景。

溫暖得讓她想哭。

她繼續一本一本地收拾自己的東西，眼前卻被水氣給模糊了視線。

然後是一個身影，遮住了來自窗外的餘夕。

「我找了妳好久呢，想把畫具還給妳。」溫澤笑笑地說，他的眼角彎彎，形成一個好看的弧度。

林微然怔住，沒有抬頭，聽到他溫和的聲音，忘了動作。她在想，這些年來，除了安河，沒有人見過她的眼淚，沒人看見她的軟弱。

溫澤見她不回話，低頭探探她的表情，她被他突如其來的動作嚇著了，別過頭來，他這才看到她清淺的眼眸上掛著淚水，臉上依舊那樣蒼白，沒有血色。

他緊張地問：「妳怎麼了？還好嗎？」

她馬上伸手把自己淚水擦拭乾淨，擤一擤鼻子，沒有回答他的問題，只是搖搖頭。

「需要幫忙嗎？」他爽朗的聲音再次響起。

她依然搖搖頭，聲音還帶點哽咽：「沒事，謝謝你。」

溫澤抽了一口氣，也不知道要說些什麼好。

這個女孩太倔了，剛剛看到她在走廊被老師罵的神情，她卻依然絲毫不吭聲。她真的太倔了，倔得讓人疼惜。

林微然接過他手上的畫具，把它們放回自己的置物櫃裡頭，就慢慢地向門口走去。

溫澤定定地望著她的背影，又是這樣一個背影，單薄又孤寂的背影。

這時，她蹣跚地走了幾步，卻一個踉蹌往後倒去——

他幾乎用跑地衝到她的身邊，扶住了她嬌小的身體，她的臉色一片慘白，眼裡失去了光澤難以聚焦，就這樣渾身失去力氣地倒在他的懷裡。

她只覺得滿天的暈眩，世界縮成一片刺眼的夕光，意識漸漸地回歸朦朧，猛地撲來一陣清新的氣味，彷彿是在黑暗裡，遙遠的盡頭出現像針孔一樣細小的洞，洞裡是強烈的白光，逐漸地放大和拉近。

她半瞇的雙眼呆呆地看著面前有一個男生，正大聲地呼喊著自己的名字。

林微然——林微然——!!

她一時三刻沒辦法張開嘴回應。

是誰呢？

腦海裡浮現了久遠的畫面，可是啊，這溫柔的聲音不像是安河，那麼是誰呢，是誰在急切又深刻地吶喊著她。

眼前這一張乾淨又清秀的臉。

然後是清新的氣味鋪天蓋地充滿了她的世界。

那撐了太久的身體，終於還是倒了下去。

4

她隨著黑暗的終端找尋那一點的光芒。

然後她睜開眼睛，是發白的燈管，還有醫院消毒藥水的味道。

林微然環顧四周，是學校的醫務室。

病床旁邊，溫澤坐在椅子上，靠著牆壁閉目休息的樣子。

她就這樣好好地看清了他的臉容。

是一個乾淨不染的男生，渾身都散出清新文藝的氣息，也難怪，想想都知道他是一個畫畫多麼厲害的人。身穿白色的襯衫，更顯他的潔白和純淨。

真是一個美好的人吶。她想。

也許是被她翻開被子的聲音給驚醒，他乍然睜開眼睛。

她的臉色依然是淡淡的白，但已經恢復了一點血色，而她卻正看著自己。

溫澤突然有點不好意思起來，摸摸自己的鼻尖，淺笑著。

「謝謝你送我來醫務室。其實，你可以不用留下來陪我。」她的聲音清脆俐落，不卑不亢。

他確實可以把她送來之後就離開，但他並沒有，他自己也不知道為什麼要留下，只是覺得這個女孩需要幫忙，而他想要幫她。

「陪伴不需要任何理由吧。」他依然淺笑著，嘴角彎彎。

他說，有時候，陪伴一個人不需要任何的理由。

在很久之後，她問他當時為什麼想要留下來時，他是這麼回答的，而當時他這麼突兀的回答，卻讓她記得很牢很牢。這個男生給予她溫柔還有陌生的陪伴，讓她之後的每段路，走起來都不再顛簸和跌撞。

是的，像是她在久遠遼敻的歲月裡陪伴安河渡過那些莽撞的年月一樣，也從來沒有任何理由，不為了得到同樣的回報，不為餘生的加冕，不為不落的誓言，不為煙花的墜落，不為海浪的淘覆，只為此時此刻的星辰夏末，只為今朝的一醉方休。
她忽然明白了些什麼，原來，誰都沒辦法去計算失去以及相遇，所有的失去都是命運使然，所有的相遇都是命中注定。就像她以前從來沒有想過，有一天會這樣平靜地離開安河的世界，就像她從沒想像溫澤會這樣不期而遇地印在她的未來。
總有一些失去，成就了你餘生的相遇。

這個男孩就這樣撞進了她的生命裡。
沒有帶著任何光環，沒有什麼特別的情節，沒有任何的目的，僅僅來到你的世界，給你絕無僅有的溫暖，這些溫暖，只願應許給你一人。

5

因為她忙著照顧母親的關係，他會幫她整理學校課堂的筆記，再送來醫院給她，順便幫她講解那天上課的內容，再加上他這麼一個會畫畫的人，也幫忙她對於自己的畢業製作提供了很多靈感，她發現溫澤不只是個畫畫的天才，更是學霸。
溫澤的出現，從來不在她人生的計畫。
然而，從那次之後，他就這樣頻繁地出現在她往後的生活，像是埋下了一顆種子，任由時間和年華的催動，無聲在深層裡滋長。

同樣是微熱的下午。

溫澤帶著便當來醫院找她，他抵達的時候感受到當時病房裡的氣氛有點凝重。

林微然正在打電話。

「爸爸，您能再給我匯一點錢嗎？」

「匯錢？妳開口閉口都在跟我要錢，我憑什麼要養那個女人，講難聽一點，我都不知道她什麼時候死！」電話的另一頭，男人低聲幽怨地說道。

她倒抽一口涼氣，忍住想哭的衝動，繼續平靜地說：「拜託您了，我真的沒有其他辦法了……」

「……這是最後一次了！」男人草草地丟下一句就掛了電話。

她握緊手機，站在那裡久久不能平復，她低頭望著病床上媽媽熟睡過去那張蒼老的臉，心裡像是四方八面地迎來涼氣。

回過頭，她看到溫澤的身影站在門口。

依然是那一抹溫柔淺笑的模樣。

他給她送來了便當，還有筆記。

傍晚。

當醫生替媽媽檢查完身體之後，把林微然叫到了走廊。

「目前她的情況不太樂觀，如果依這個情況繼續下去，恐怕要做好心理準備。」醫生嘆一口氣。

醫生的聲音在她的耳邊轟炸成一片狼藉，林微然的世界突然失去了所有聲響，只剩下一陣噁心的消毒藥水味道充滿了她的鼻腔，像是在皮下徒勞沸騰的水泡，在蒸發之前難以理清的思緒，四處流竄的不安和恐懼，淹沒成一片海嘯。

她的身體像是上了鎖般無法動彈，發出吱呀的聲響，隨時隨地都要崩裂。

這時，她肩膀猝然覆上一股熱流，是溫澤的手在使力地撐著她的身體。

她只覺得一片茫然。

窒息的潮汐排山倒海襲來，她無處可逃，只能屍橫遍野。

該怎麼去回憶起那些焦灼的日子呢？

那些泡在混濁沼澤裡的日子，每一次狠狠地掙扎就更加狠狠地墜落，她以為那些碎片有一天會被潮汐腐蝕乾淨，顯然沒有，它們累積在一起，變成巨大的沙河，她無處可逃。

從什麼時候開始，她就已經覺得，這個世界不會再好起來了呢？

那一些被別人殘忍撕碎的時光，碎在心底滿盤尖銳的玻璃碎塊，她甚至無法親自去把自己的殘垣拾起。她忽然想起從前的日子，爸爸從小離她而去，剩下她與媽媽兩人相依為命，因為媽媽的病，她只能聽話，只能懂事；因為這樣的家庭，從小被人排擠，被人嘲笑，於是她只能堅強，她只能更加地堅強才能抵擋這個殘忍的世界對她的撕裂。

她也有過埋怨媽媽的時候，埋怨世界這樣對她，可是那又怎麼樣，那又能改變些什麼。沒有，什麼都沒有，她只能這樣子，無能為力又徒勞無功，對於這些傷害毫無還擊之力，甚至毫無逃跑之處。

於是她一事無成，只能被這樣牽絆著，不安又不堪，什麼都做不好。

可是她還能怎麼樣。

那天晚上，當溫澤出去替她買了晚餐回來，他找不著林微然。

她沒有在病房裡面，他打了很多通電話給她，都沒有回應，他知道這時的她應該覺得無比絕望，他得找到她，找到她，然後陪著她。

於是他跑遍了醫院許多的地方，一層又一層的病房，還有醫院的飯堂和大廳，病人散步的花園，終於在天台找到了她。

她像嬰兒那般縮在天台的一個角落裡，自己抱著自己雙膝，臉深深地埋進雙臂裡。

像極了一個無家可歸的孩子。

他只覺得心底憐惜得一片絞痛。

那是很深很深的夜晚，空氣中的霧氣隱藏了月亮和星辰，如同一泓深潭沒有任何動靜，夜晚甚是涼爽，柔梢披風，春末柔軟。

許久之後，身邊有一絲聲響，她感到肩膀一熱，是一件外套輕輕地披在她的身上。

她知道是溫澤來了。

可是他沒有說話，只有他幽微均勻的呼吸聲，傳進她的耳朵裡。

他就這樣子安靜地坐在她的身邊，忘掉了所有言語，很久很久只願給她細流脈脈的陪伴。像是過往那樣，不言朝夕，不辨晨昏，不談理由，無聲地守望著她。

這個晚上，她心上最後一道高牆終於瓦解。

她說起了這些年她經歷過的事，從小時候家庭的破碎到後來學校的霸凌，到她遇見了安河，關於一個女孩無聲地陪伴一個男孩的故事，到她如何離開安河的生活，全部都告訴了溫澤。

她悄悄地靠在他的肩膀上哭了。

原來這麼多年來，這是第一次，第一次將最原本的自己展露在某個人面前，所有的枷鎖和桎梏都一卸而下，她放聲哭泣。

溫澤只是靜靜地聽著她訴說那些久遠年月的故事，屬於她的過去還有傷痕。

久了，天邊微微地亮了起來，有一束光衝破了地平線，燃燒起整片夜空。

這時，溫澤清遠好聽的聲音緩緩響起：「沒關係，都會過去的。」

像是這麼漫長夜晚也就這麼過去了，像是那些你難熬的歲月終於流轉過去，像是太陽終究劃破黎明，一切都會無聲無息地過去。

我會在這裡陪著你。

微光終究溫暖了沁涼垂幕的夜晚。

外面是風雨雷打的潮汐，他始終包裹所有的不安和浮躁，給她溫柔。

6

這樣的日子持續了好一陣子。

母親的病情漸漸地穩定了下來，她開始可以抽一些時間回到學校上課，開始可以著手去處理畢業製作的事情。

有天午後，醫生檢查完媽媽之後，把她叫到走廊，怕影響到病人的休息，說有些事想要跟她說。

她忍不住緊張了起來，所以站在門前一直遲遲不敢走出去，她忽然又想到那一天醫生叫她做好心理準備時的感受，於是雙手不住微微地顫抖起來。

溫澤站在她的身後，緊緊地握住了她的手。
在她耳邊輕聲地說：「別怕。」
一瞬間，像是有什麼掃走了她心窩裡縣起的沙塵暴，她深呼吸了一下，鼓起勇氣走了出去。
醫生告訴她，她的母親正在好轉，再過一些日子，就可以好好地出院了。
她喜極而泣。
那些淚水在眼角開成了煙花。

在她母親好轉不久之後，他們兩個都順利繳交了畢業製作。
她畫的是母親坐在病床上的臉容，她永遠記得小時候媽媽煮的好吃飯菜，後來生病臥床時，媽媽哭著抱著七歲的她說：「媽媽對不起你。」那時，她就決定永遠不放棄自己的母親。於是她把媽媽臨病在床，卻在每一天醒來的時候，望到她時眼裡欣喜的表情畫了下來，送給媽媽。
當時她問溫澤，你的畢業製作要畫什麼啊。
他只是摸了摸鼻頭，微微地笑著，死活都不肯告訴她。
後來，畢業典禮之前，在美術系的展覽上。

他的畫作拿到相當高的分數，她終於能夠看見了。是她。是她那天在課室裡低頭收拾書包的場景，眼睛裡有著倔強的淚水，背景是一抹淺黃的落日餘暉，她看著右上角是他的署名——溫澤。

題目是〈一期一會〉。

後來她問他為什麼要把這幅畫叫做〈一期一會〉，溫澤淺笑著，沒有回應。

他沒有告訴她，她是他一生只有一次的相會，他此生不願丟失，僅有的情深。

7

媽媽出院的前一天。

溫澤來幫忙收拾東西，飯後，林微然去辦理離院的手續，回到病房看見溫澤正和媽媽聊得開心。

等媽媽沉沉地睡去之後，林微然說：「我們出去走走吧。」

他凝視著她，淺笑著點頭。

他們慢慢地走到了天台。

那天她告訴溫澤，她喜歡在天台上的原因，因為那裡是最靠近天空的地方，每當她覺得難過失意，就去看看天空，她感覺天空那麼大，那些委屈就再也不算什麼了。

世界是那樣縮成安靜的繭。

所有夏蟬的窸窣聲都逐漸遠去，那些落日的餘暉歸於地表，秋風過耳，流離薄涼，霧靄升沉。抬頭是月光冷冷的斜影，灰塵在燈光下安然飄散，伸手卻也依舊什麼都捉不住。

夜光低垂，星辰點點，一切華實卻夢幻。

她重新坐回那天她躲起來的角落。

他也靜靜地坐在她的身旁。

兩人抬頭望著深湛的星空，忽然間失了言語。

轉盼流光，餘生一點一滴紛至沓來。

溫澤凝視著她，眼中是溫柔的底蘊，柔出一抹執著的繫念。

終於時光靜然，星辰作證，旬月綿延，眼前的這個女孩兒啊，恍如隔世綺夢。

他輕柔地低頭，吻住了她。

8

相信嗎？

這個世界真的有人是為了要和你相遇，而正在錯過別人。

也許你的每一個錯過和失去，正是為了將來要和某一些人相遇。

你要相信，有人正在翻山越嶺地向你走來，走上一生，只為和你相愛。

「總有一些失去，成就了你餘生的相遇。」

關於時間

那些愛，
終於慢慢被
時間偷走。

我曾以為，只要努力了就可以抵抗這個頑固的世界。所以耗盡了半生的力氣，只為了走進你的世界。我一直相信，什麼問題也難不倒我們，把所有艱難的局面都幻想過一遍，坑洼濁雨，橫嶺沙海，也難以使我們分離。那時的我們，那麼決然，那麼相信。

我記得你離去的表情，眼裡有著許多不捨，你不忍看我流淚的神情，不想我看你離開的背影，所以讓我轉身先行。約定好的一起努力，就算在不同的地方，只要心連繫著，就足以拉近那恆遠的距離。

於是我們四海為家，擁有各自的聲色犬馬，不同的觥籌交錯，要去不一樣的地方，開始做著相異的夢，我那邊的冬天只會下著發霉的雨，你那裡已經是茫茫大雪。春天來時，我這邊春曉煙花，你那邊卻依然冬雪未溶。我貪戀的那句晚安，你在盼晴的白天裡給不了，我初醒的清晨裡你說著你累了，要去睡了。從前無話不談的夜晚，變成迥然不同的對話。

有時候我會問你，為什麼你那麼不在乎。你說，別這樣，能不能成熟一點。

那樣的時候，我就會在心裡默默地畫上一些記號。那我就不煩你了。於是後退一步。

於是一步又一步，又後退了很多很多步。

我開始分不清楚，是因為太在意而學會了妥協，還是沒有很在意而慢慢地妥協，這兩者其實很像。就像我們誤以為永遠很近，其實比想像中遠得多，而我們總以為可以走得到，也像是我愛你卻又無能為力。

這樣子幾個月過去了，該怎麼去定義這種狀態下的自己。有時候想問，你覺得你過得好嗎。我呢，好像還可以，好像又不太可以，剛好能回憶，剛好沒能忘記，想起〈南山南〉的一句歌詞：「像在他眼睛裡看到的孤島，沒有悲傷但也沒有花朵。」不禁在想，是不是每個人都一定會走過這樣一段蒼白的路，沒有四季，沒有花開，沒有了自己，在深沉無邊的黑夜裡，丟失了睡眠，丟失了明天。

其實，我在沒有你的地方過得還可以，沒有很悲傷，只是也沒有很快樂。

從什麼時候開始，再也不想多說什麼了，彼此都是。深深地明白到那種來自心房的失望，像是看著花朵必然掉落，也無法做些什麼去挽回花的凋敗。再多說些什麼都是阻隔、都是負荷、都無可避免一段關係的崩裂。那時候的你，說過好多的話，關於未來的憧憬也關於那些醉人的夢想。你說著那些事情時，用了極度緩慢沉動的歡愉表情說著。隨著時光荏苒、季節更迭、日升月落，那些我曾經不加思索說出口的愛與痛都漸漸如鯁在喉，終於迫不得已學會了把那些遺憾放在心裡面，終於不再想對你低喃著自己悲傷的故事了，我想我們一定是失望至極才會這樣子。這大概就是距離了吧。當沉默不斷遞增我們之間的距離，如同就此分道揚鑣的兩個人，中間拉扯著的線逐漸失去彈性，沒有揮手也沒有告別。我追趕不上你的腳步，我們終於漸離漸遠，彷彿是出了岔的線頭，往相反的方向撕裂過去；我們就像失去彈性的橡皮筋，再也不能牽引著彼此，再也無法並肩地朝向同一個方向出發，再也不能依靠著對方，直到你走遠，直到有一天我再也感受不到你絲毫的溫度，直到你終於消失在我的世界裡面。

翻開日記看見自己寫過的一段文字：「想一想，也許是真的，我們都用悲傷來依賴一個人，習慣讓在乎的人治療自己的悲傷。如果哪一天那個人失去了治癒自己的能力，或是自己失去了跟那人分享悲傷的興趣，就會知道，我們也就那樣了。你不用承受我的痛了，我也不需要你來懂，我開始可以梳理自己的悲傷，我開始可以學會與悲傷和平共處，而你就走吧。」我相信是這樣的，快樂能讓全世界看見，但難過只能讓重要的人懂得。於是，那些歇斯底里的難過是一種最深的依賴。倘若有一天，我們能自行消化那些難過，不再需要對什麼人訴說的時候，或許建立在兩人之間的依賴也漸漸被磨蝕。我可以學會堅強，不是不再難過，而是再多的難過都不需要你的安慰來撫平，所以也就失去了訴說必要了。

我不斷地回想，是哪裡出了問題，是什麼讓我們離彼此越來越遠呢？我獨自在回憶裡走了一遍，終於明白，原來不是我們離得太遙遠，不是我們中間隔了多少千山萬水，不是有多麼高聳的山丘要翻越，都不是這些，而是時間太過於強大而漫長。我們在時間裡迷失了對方，被時間打垮所有累積的回憶，時間模糊了我們對肩的身影，把那些美好都變成曾經。大概我們一直認為自己愛的人永遠是最初自己愛上的那個模樣吧，所以才會在後來漸漸感到失望或強大的落差。於是在一段很遙遠的路途裡，我們牽著手走進了世界巨大的鴻溝裡，幾乎都忘了有時候愛著愛著就會改變的。時間從來都很誠實也很殘酷，我們必須向前走，必須在走的時候無可奈何地改變，變成不是當初的模樣，變得合適這個世界的模式，漸漸地就輕易地被時間沖散了彼此。

怎麼會呢？

我難過的，不是我們的愛有多難，而是時間過去了，我們卻什麼都不剩了。

原來多少的事情都被時間消化著，像溶解進大海裡的水滴，一點一點的分解。半年過去了。時間對誰都好公平，該忘的都忘了，該丟的都丟了，慢慢地整理得一乾二淨。我想著，我們都有無可避免的遺忘能力。彷彿還能聽見時間的竊笑，嘲笑我們的徒勞。

原本淋漓滿溢的愛，就這樣子被倒進了流竄不滅的時間裡，被慢慢地稀釋，那崩離的程度以我看得見的速度飛快地散裂，眼睜睜地看著那些濃得發黑的墨水溶解進大海裡，迅速地無影無蹤。像極了一座搖搖欲墜的危樓，任何一個舉動都能讓它崩塌成一盤散沙。所有的東西都在流失。後來我們都習慣了離別，也習慣了被時間磨滅。

從一開始的一百分，不知道什麼時候一分一分地扣去，當愛過去了，當不愛開始累積，當時間越來越長，當我們越來越遠，當相愛變得隨便，當陪伴變得敷衍，當習慣只是習慣，當我們不再是從前的那個人，當你是你而我變回我自己。

原來過了那麼久，我們都變了。

我不再像是當初那樣對我們的愛滿腔熱誠，不再那麼在意那些以前在乎的事情，不再總是纏著你說著我們的以後，不再處處提起你的名字、不再笑起來的眼眸裡有你的身影，而你也變得不那麼重要了。

還是忍不住想起去年這時候的我們，開始了各自的生活，四分五裂，各自奔波，各奔天涯，海角和天邊。有時候我會以為自己已然是一個足夠硬朗的人，再次面對生活、面對日子、面對時間，倉促和猝然，都可以不以為然，都可以雲淡風輕，以為這樣說出沒關係的自己真的會變得沒關係。很多事情心裡都會有個底吧，那些答案、那些回聲，早已在那個很深的地方徘徊和迴響。日子照舊，過於泛白，只是再也執不起流年，有些事情像是刺，無論拔出來還是埋進去，疼痛依然鮮明，我們都是帶傷的人吧，總是對自己落井下石。

原來好多事情都已經無所謂了，親愛的，這是你想要的嗎？只是我們也沒有什麼辦法逆轉時間，不是嗎？

時間在走，
多難堪的事實
你也要學著接受。

記得那時收到了她傳來的訊息，我二話不說就打電話給她。我在電話的另一頭，問她怎麼了，她哭得上氣不接下氣，始終沒能好好地說完一句話。我在空氣中聽著她抽泣的聲音，就這樣靜靜地陪著她。許久之後，她斷斷續續地說了幾個字，「他不要我了」、「我不知道可以怎麼辦」。她使勁地哭，聲音嘶啞地痛哭。我嘆一嘆氣，她問我怎麼辦，說實話，我也不知道可以怎麼辦，兩個人的感情哪是其他人可以去介入的。

我大概知道她的痛。那時候她告訴我，他是她生命中唯一的稻草，彷彿是延續她生命的藥，是她生存下去的信仰。她生長在一個不怎麼好的家庭，父母離異，和媽媽生活在一起，卻因為媽媽偏執的病而硬生生地囚禁了她。直到遇見他，那雨打雷劈的世界才終於捨得停歇，像是黑暗裡低微的閃光，僅僅只是微微地發亮就足夠照亮整個宇宙，於她而言，他就是全世界。

那個說帶她走的人，終究沒能實現承諾。而是剩下一條更坎坷的路讓她去走。

妳說，失去了全世界，會是怎麼樣的痛呢？

像是被掏空那樣吧，那些妳曾經那麼相信的事情突然失去了任何的意義，走在路上猛然不知道該往哪裡走，妳忽然發現，世界那麼大，卻居然沒有一個地方可以容納自己。妳想要逃走，可是卻發現，周遭屍橫遍野，四下無人，回過頭看找不到回去的路。那種疼痛像是有什麼在切割妳的皮膚，在很深很深的地方狠狠地發疼，妳逃不出來，又走不回去。妳說該怎麼辦才好？

但，我還是這樣輕聲地對她說了：「其實妳並不能怎麼辦。」等她哭完，我就把想說的話冷冷靜靜地告訴她：妳還能怎麼樣呢？其實妳並不能怎麼樣。一個人的去留，是妳如何都沒有辦法阻止的，妳既不能強迫他留下，也不能死皮賴臉地挽留，當所有的愛殆盡，他要走，就已經做好了不回頭的準備。會留的人不會走，會走的人不回頭，也不能說是誰的對錯，只是有些人，走過的時候揚起了滾滾灰塵，注定只能成為妳的過客。妳只能接受，多難堪的事實，也要學會去接受。接受失去，接受離別，接受錯過，接受遺憾的發生，接受被回憶折磨，接受那些曾經動人的故事，接受生存或是生活，接受悲傷逆流成河，接受支離破碎，接受死亡並不遙遠，接受不堪的自己。

說穿了，既然事情已經發生了，除了接受，原來我們別無他擇。

那一天晚上，我陪她哭到了清晨。睡前，她給我發了一條訊息，寫著：「妳能不能帶我走一遍妳曾經走過的路。我不懂得如何失去才比較不痛。」我回覆她：好，睡吧睡吧，再怎麼難受也要深呼吸活下去，晚安。

我想她肯定在這樣發泡的淚水裡沉沉地睡去。

已經多久了呢？我記不得了。她口中所說那一條走過的路。
她痛不可抑的模樣讓我想起了當初失去他的時候，自己慘不忍睹的樣子。或許不比她可憐，但疼痛的感覺都如出一轍吧，唯有深淺的差別，大抵也差不了多少。
每天醒來面對渙散的燈光在頭頂上搖晃，無法再溫柔地面對全世界，所有的盼望都面臨崩塌失落，世界開始斷垣，悲傷無所遁形。我也問過自己，該怎麼辦，在很深的海域裡，無人生還。那時候我也在想，如果離不開他，那就離開我自己。可是啊，明天還是會來的。在崩盤的淚水裡睡去，又在暈然的燈光裡醒來，然後一天又過去了，時間依然不緊不慢地走著，像是什麼事都沒發生過那樣。
她說，妳能不能帶我走一遍妳曾經走過的路。
可是其實啊，哪有什麼簡單的路，我只不過是跟著時間的荊棘走，刺得滿身瘡痍卻也安然無恙。
到最後才發現，原來錯過的就是錯過的，誰都回不去那些時間彌補當時的空洞。我停不下來，因為時間在走。我只是這樣走進更遠的時間裡面。無從選擇。
她說她怎麼都忘不了，每一天醒來的日子都浮現有他的曾經，每一次走過街角都有他的回憶，每一個習慣裡都有他的身影，她對他的思念總是如影隨形，舉手投足都滿溢出翻天覆地的牽掛。她還是離不開他，於是她離開了自己。她那麼執著地去忘記，那麼用力地抹去，卻又總是深深地記起最執意想要遺忘的。她深陷在思念的無底洞裡，越是拼命地掙扎卻掉落得越深，終至被困在荊棘叢生的森林裡，不復重生。其實思念是那個樣子的，像是溺水一樣，在空無一人的海潮裡找不到一絲縫隙呼吸，她越是張開嘴巴尋找氧氣卻越被海水嗆傷。不如就放任它在那裡。讓時間稀釋思念，在濃稠的思念裡一點一點注入清徹的水，總有一天，會把那些濃到發黑的思念洗去的。

於是那一年，長髮及腰的她，一瞬間剪短了髮。從此之後，她的雙唇再也沒有提及過他的名字。

她應該在那濁臭的深海裡死掉了吧。開始接受那些從前不曾接受的事實，開始懂得，那些從前不懂的事情。然後，在汩汩聲浪裡，陡然重生。痛得不能再更痛的時候，就慢慢地痊癒了。也許是一個宣告的儀式，或許是狠心剪了頭髮，或許是把所有曾經在一起的票根丟掉，或許是離開了那一座關於他的城市，或許是改變了自己的性格，或許是去了一個新的地方流浪。就一個簡單的儀式，在這樣決絕的一刻，毅然告別了從前那些曾經，以時間為誓，以歲月為鑑。

你要往前走了。

你看，我們終究會走進時間裡面，像是匯進洪流裡面的雨水，只是無可避免地把過往這樣送進時間之中，任由它一點一點把那些從前抹去，抹不去的傷痕，就隨年如月地淡化；褪不掉的記憶，就日漸淡滅地麻木；忘不了的人，就生生如年地記住；放不下的過往，就用榮枯更迭的未來把它們掩埋。

時間在走，你總要學會去接受。
時間在走，願你不在原地逗留。
時間在走，你仍擁有許多以後。

如果實在不知道該往哪裡走，那就跟著時間往前吧。慢慢地走到更遙遠的以後，慢慢地讓時間帶走思念，帶走從前的自己。

時間也許不是答案，
但答案卻在時間裡。

再次說出他的名字，是他走後的兩年。

偶然從要好的高中同學口中，聽說最近見到他的消息，起初我愣了愣，然後馬上就接話說：「是喔，真的好久不見了。」

是多久以前的故事，我不禁在心裡面想了想，甚至數算不了那段撕心裂肺的日子有多漫長，甚至數算不了多少個歇斯底里的夜晚，甚至數算不了帶著那些回憶走過了多長的路。在那一瞬間，兩年來的記憶一傾而下，在腦海裡映出模糊的影像，像是一艘遠走的帆船，在心裡的海中飄飄駛去。我從未想過自己可以如此從容地說出他的名字。如此地，若無其事。如此地，雲淡風輕。曾經，他的名字在我的心裡是一道傷痕，像是發膿的傷口，它腐爛在心裡某一個角落裡，我害怕去觸碰它，害怕它的血腥，害怕見到它已經成為心臟裡的一部分。每每走近那個區塊，我就開始疼痛，開始血流不止，甚至還會聽見它撕裂的聲音。因為長久地不願意去碰它，它開始腐蝕開來，在心上蛀出一個洞。曾經對我來說，那個人就是我的世界。如果你曾見過繁華的盛世被一把火燒成頹垣敗瓦的場景，那你一定懂得我當時的感覺。什麼都不剩的感覺。整個身體被狠狠地榨乾的感覺。

那個時候，我失去了他，失去了愛，失去了世界，失去了自己。我問我自己，愛為什麼是這個樣子？為什麼在愛裡疼痛遠比幸福來得多？為什麼失去一個人可以那麼痛？為什麼他可以頭也不回地走掉？為什麼我好不起來了？是否再也好不起來了？再也沒有人在乎了，即使我多疼痛、多難受，都不再有人在意了。太多太多的問題沒有解答，好像有些事情活著永遠都找不到答案，好像不是每一條路都可以走到出口，而我就在路的中間迷失了方向，走到哪裡都走不到盡頭，我被困在回憶裡，自生自滅。

我想我們都曾在愛裡備受煎熬。

我以為我再也不會說出他的名字。

當這個簡短的名字從當初的悸動，變成後來的傷害，到現在變成一段記憶緩存的檔案名，我彷佛看見時間在那之前碾過歲月的痕跡。

時間慢慢地流動著，經歷過痛徹心扉的日子，經歷過心力交瘁，經歷過淚流滿臉，經歷過絕難和難受，在時間的縫隙裡面，不斷地流離，不斷地翻滾，不斷地徘徊。你沉浸在漫無邊際的悲慘之中，終於有一天，那些時間起了作用。像是久存數年的票根，在時間的漂染蒸發之下，深刻的墨漬揮發在無息的空氣之中，一點一點從濃墨鋪染變成輕描淡寫，從厚重變得輕盈，回憶不再濃稠，過往不再鮮明，悲傷不再刺痛。

我們都試過顛沛流離度日，試過哭得撕心裂肺，試過走在擁擠的街頭卻毫無去處，曾經以為一切都將停止在那裡，包括我自己。你也是這樣的吧，四下無人時抱著自己哭泣，失去那些從不認為會失去的東西，終究因為太愛了而永遠無法割捨那些已經遠走的人，你也是這樣的吧，到最後把自己狠狠掏空。

可是明天依舊來到，日子照樣地過，跨不過去的坎還是克服了，滿身瘡痍的你依然活著，一切可能不會好起來了，但是我可以確定，它們會過去，總會過去的，無論好的還是壞的。

我們從不習慣痛苦和悲傷，但是我們會漸漸接受，接受它們降臨在我們的生命裡，慢慢地承受它們，然後又慢慢地送它們離開我們的生命。所以啊，無論你相不相信，所有的事情都會變得沒關係的。

你說時間溫不溫柔呢？起初它強行把你拖進更遙遠的未來，你還會反抗，還想要留在原地，但它狠狠地拽你離開現在，然後慢慢地帶你往前，你漸漸離開過往，離那些快樂和傷心越來越遠，它用時光告訴你，沒關係，都會過去的。

時間就是這麼一回事，像是能夠累積些什麼一般，也能帶走些什麼，像是你在時間裡丟失了些什麼，有一天也會在時間裡找回來。

無論好的、壞的、快樂的、悲傷的，任何問題都得到解答。如果沒有答案，那麼，時間會把答案變得不重要了。

時間也許不是答案，但答案卻一直在時間裡。

願時間
不再對你說謊。

時間很容易讓你習慣一些東西的存在，習慣到你覺得一切都那麼理所當然。

家庭破碎，家家有本難念的經，少有家庭是真正的圓滿，這些後來我們都已經司空見慣，都漸漸地麻木，漸漸地失去了知覺，漸漸地接受了現實。

小時候的我，也不懂人情和世故，覺得爸爸媽媽離婚這件事情本身對我而言就是一種傷害，於是在青春期的那一段時間裡，我強烈地討厭過他們。

我不懂得為什麼他們兩人感情的失敗，需要我來承受；那時，我看見朋友美滿的家庭，三個人要好好地吃一頓飯，對我來說都是奢侈。

於是在那之後，我渴望離開家。

有好一段時間裡，和他們的關係並不好。

總是三言兩語就吵架，和爸爸吵架最嚴重的一次，幾乎一整年都沒怎麼跟他說話，和他的對話從不超過三個字，我想這樣讓他難受，讓他知道我的難受。媽媽呢，總是要上班，在我需要人來關心的時候，她總是不在我身旁，所以和她越來越疏遠，只有越來越遠離她，我才不覺得自己孤單。

一天一天地長大，一天一天地盼望著飛翔，想去到更高的天空，想要離開原地，想要去到未知的世界，想要逃離這個我不怎麼喜歡的家庭。認為自己已經長大了，不再需要管束，不再需要別人擔心，不再需要一些讓人負擔的叮嚀和嘮叨，我什麼都可以自己去完成。後來回想起來，也許年紀太輕，總是習慣性地接受，卻總是不習慣去給予。去台北念書並不是原訂計劃中的一部分，只是後來機會來了，就成了一個我逃離他們堂皇的理由。

去台北讀書的前一天，我把所有的行李都收拾完，坐在客廳，和媽媽聊天。十八歲的我，沒出過遠門，也沒試過獨自去陌生的城市生活。對於未來的未知，我想誰都會害怕，那天晚上，我抱著媽媽哭了許久。

我想著，以後若遇到委屈，就再也沒有這麼溫暖的擁抱了。

她說，想回來就回來吧，永遠有人在等妳回家。

後來，我每每遇到困難，都想起當時她對我說的這句話，一直支撐我走過許多我以為撐不過的黑夜與黎明。

我想，沒關係，快要回家了，再撐一下。

那是我永遠屹立不倒的大樹。

我永遠記得媽媽的堅強，她從不讓我看她哭，她倔強，她自己一個人撐起這個家，給我溫飽。在上班的時候受了委屈也從來不會回來告訴我，我看見的媽媽永遠都是帶著笑容的，溫暖的，美麗的模樣。

我太忙的那些日子，總是來不及去回覆他們的訊息。媽媽似乎已經習慣我的久久不回，以前少有跟她聊天的時間，所以也逐漸適應了這樣的生沽。

可是後來她越發孩子氣，開始計較著小事，像是為什麼我會打電話給爸爸卻不打電話給她；開始為了一丁點的事情就打電話過來，跟我抱怨這個抱怨那個。

我沒有辦法理解她的孩子氣，也因為每天都有太多事要忙，來不及接她的電話，以前的她可以好好理解，為什麼現在為了小事就要發脾氣，我不懂。

有一次她傳了訊息來，她說，我怎麼覺得我好像慢慢地失去了一個女兒。

我才恍然明白，原來那些孩子氣和脾氣，都是她傾訴的方式，她在和我說：「我希望妳多陪我一點，像我小時候陪妳那樣。」

我永遠記得爸爸的體貼，他總是替我把所有的事情都準備好，以前在家的時候，需要什麼回頭看他，他就為我準備好一切。他知道我害怕蟑螂，會在家裡各個角落都佈下了藥，所以從小就不會在家看見我討厭的牠。偶爾回家時，他會替我準備好愛吃的水果，放進保鮮盒裡，方便我攜帶。只是久經年月，他總是問著我一樣的問題，有沒有吃飽，有沒有睡好，錢夠不夠用，每次我都嗯嗯哼哼地敷衍他。我常常認為，我已經足夠強大，不用他擔心了。

他總是心心念念地惦記著我，可是在我眼裡，那些惦記成了所有小孩都不喜歡的嘮叨。

在我大學的畢業典禮上，他悄悄地哭了。

怎麼會呢？

我活了那麼多年，鮮少見到他的眼淚。

那一刻我望著他的白髮，才這麼意識到，他真的老了。

時間到底對我做了些什麼，我竟絲毫沒有察覺到他的白髮，她的皺紋。

我的爸爸，我的媽媽，我的英雄，我的超人，我永遠的後盾，我的歸途。

而我還在想著，今天沒有接到他們的電話，明天打就好，明天忘記了，後天再打也沒關係。我永遠沒有想過，會不會一天一天下來，就少了一個明天，少了一些日子，會不會一天一天過去，就多了一些遺憾。

前不久，回香港時去見了一個多年交情的學妹。

去到她家，我發現那裡的裝潢和記憶中的已經不同，在吃飯的途中，另一個朋友無意說了一句：「反正現在妳們家也只有兩個人住。」

我有點不解地望了一眼學妹，後來她跟我解釋，半年前，我不在香港的期間，她的爸爸過世了。今年，她才二十二歲。

我驚愕地看著她，她說，什麼都來不及了。

那時候我寫下這樣的一句話：「願你餘生所有的珍惜都不用靠失去來懂得。」

原來我們永遠不會準備好。

原來時間就是最巨大的謊言。

你以為餘生還長，於是你拼命長大；你以為歲月緩慢，所以你渴望變遷；你以為時間善良，於是你理所當然。

你總是以為時間很多，但他們其實在無聲無息之中，以你成長的同等速度，飛快地老去。

我終於長大，長大成我小時候渴望的樣子，我可以飛了，可以變得堅強和成熟，可以不靠父母的力量繼續往前走了。這是我小時候最希望的事情，可是時間過於倉促，我竟抓不住一席流年。

時間你可否走得慢些，你可否帶我回去那些年月，永遠停留在那裡，別帶走他們的黑髮和年華，別給予他們皺紋和老花，別奪走他們的青春和力量，別讓一切蒼老和變化，好嗎？

我還沒有準備好，準備好看見我的超人墜落，準備好看見我的大樹倒塌。

歲月請你手下留情，別帶走他們，好嗎？

世界上來不及的事情很多，趕不上的飛機，錯過的演唱會，過期的帳單，趕不上的考試，但並不是所有事情都可以重新來過。

願父母不會是你人生中來不及挽回的遺憾。

「願你餘生所有的珍惜都不用靠失去來懂得。」

還好時光有你，
予以不離不棄。

響亮的音樂在耳邊一下一下敲動著耳膜，全場寶藍色的螢光棒隨著節奏晃動。

她只是上千上萬蜂擁人群中的小小一人，抬頭看向遙遠的地方，舞台最光亮之處，站著那幾個代表著她的青春的人，那一首歌從流年裡虛晃了她的半盞光陰，於是從那一年第一次聽到這一首歌起，她就知道這個世界上有一種溫柔，叫做五月天。

如果你對我說，你想要離開我，那麼我會說，我會對你說，我給你自由，我給你全部全部全部全部自由——

紙花漫天飄飛，她抬頭看著她的信仰，一瞬間，眼淚就流過臉頰。

原來喜歡上他們已經是十二年前的事了。

十二年是一段多長的歲月呢？如果是國小的話，已經搖身一變成為大學生；如果是高中的話，早就變成了大人的模樣；如果是大學生的話，那就已經擁有了家庭和孩子，走到中年的階段。如果把這樣十二年的歲月裁進一個人的青春裡面，那該是一段多麼珍貴的年月呢？

她沒有想過。

二〇〇六年，國二的她聽到那一首叫做〈知足〉的歌。她好像什麼都不懂但又好像懂了些什麼，她認識了這幾個年輕的小伙子，他們唱著歌，玩著搖滾，說著夢想，像她那樣，想要有一天要飛到很高很遠的地方。

二〇〇七年，國三的她第一次去看他們的演唱會。那一年阿信唱的〈溫柔〉裡，讓所有人都打開手機打給自己喜歡的人，她打給了一個她暗戀的人。於是在很久很久以後，每一次聽到這一首歌，她都想打給自己喜歡的人，告訴那個人自己的溫柔。

二〇〇八年，她帶著新買的專輯《後青春的詩》裡的免費門票去看他們十萬人出頭天的演唱會。那一年正處於青春期的她，聽著〈笑忘歌〉，笑著笑著也就哭了。

二〇〇九年，為了看他們D·N·A的演唱會，第一次通宵排隊買演唱會門票。一宿沒睡的她，回到家裡被家人罵得很慘，但那天晚上還是開心到睡不著覺。

二〇一〇年，她高三了，那是一段難熬的時光。在每天都被試題和考卷充塞著，連睡覺都是奢侈的日子裡，她聽著他們的〈倔強〉，想著無論如何都要撐過去。很久以後她想到，如果當時沒有他們的歌，她也許就無法咬緊牙關了。

二〇一一年，她高中畢業，考上了自己想去學校，新的環境、新的朋友、新的世界，所有盼望未來都能如願成真。當所有人都說著二〇一二年的世界末日，她沒有太大的期望，聽著阿信在跨年演唱會時許的願，她默默地把自己的願望許給了阿信，希望他的聲音可以回來。

二〇一二年，那是她最後一次去看他們的演唱會，最後她登上了諾亞方舟，然而末日並沒有到來。大二的她學業越來越繁重，加上課餘時間的打工還有社團，日復一日，已經沒有時間再去追隨他們。

直到這天，二〇一七年，已經進入職場的她，得到了朋友給的演唱會門票，她失去了可以訴說溫柔的對象，生活不再像是她從前想像中的那個樣子，最終她仍然沒能夠飛到很高很遠的地方去。她長成了大人的模樣，變成了她以前不喜歡的樣子。

好像沒有什麼東西能留下，卻在手中失去了許多。

那些曾經陪她去看過演唱會的人如今已經消失在人海的盡頭，而五月天他們卻還在那裡唱著〈溫柔〉。

她佇立在人群的深處，舉起電話卻沒有了能夠撥打的對象。

阿信的聲音依然在那裡唱著：「這是我的溫柔，還給你的自由。」

她抬起頭，這麼多年，她的信仰啊。

後來才發現，原來每個人的青春裡都有這樣的一個存在，他不屬於你，他站在最遙遠的地方，他是光，是信仰，是在黑暗裡支撐著你的力量。他給了你努力的方向，給了你支撐下去的動力，給了你歡笑和眼淚，給了你無聲的陪伴，最重要的是，他代表了你的一段歲月。

阿信曾經說過：「有些人已經從學生變成了大人，有些人已經成為了爸爸、成為了媽媽，甚至帶著他們的孩子來看我們的演唱會。也許有一天你們也會慢慢長大，那個時候再來聽聽我們吧，再來看看我們吧，只要你帶上耳機，我們就會在你身邊。」

還有一次演唱會上的他說：「小時候聽到爺爺奶奶在聽歌，就很好奇為什麼你們總愛聽老歌？那時候想說，爺爺跟奶奶這麼老了，聽聽新歌不是很好嗎？跟我一起聽王傑嘛，跟我一起聽小虎隊嘛。後來，年紀變大才慢慢想通。有一天，五月天的歌在大家的生命裡，也會變成所謂的老歌。你的兒子女兒會問你，你又在聽五月天啊？再有一天，你的孫子孫女會跟你說，不要再聽五月天啦！那個時候，也許你會對他們輕輕地微笑，在心裡，有一些話也許不會對他們說，也許會對他們說，爺爺奶奶聽的不是五月天，聽的，是我的青春吶。現在的旋律，就是明天的藏寶箱。聽到這個旋律的時候，就想起那年的自己，此刻的自己吧。」

她這才想到，從她以前喜歡他們，到變成大學生，到成為誰的女朋友，到大學畢業，相愛到失戀，這些年來，有一群人一直在遠處陪著她。〈追光者〉裡面的一段歌詞：「我可以跟在你身後，像影子追著光夢遊。我可以等在這路口，不管你會不會經過。每當我為你抬起頭，連眼淚都覺得自由。有的愛像陽光傾落，邊擁有邊失去著。」

她是我認識的一個姐姐，想起她的故事。我也想起我曾經喜歡一群偶像，追逐他們到天涯海角，跟著他們到處跑，為了見他們，一面打工存錢，拿唱片給他們簽名的時候緊張到一句話都說不出來。想起在舞台下看見會發光的他們，想起那些最好最壞的時間裡面，都有他們的蹤影。

後來事隔多年去看了他們的演唱會，歲月一晃，光陰一躍，好像誰都變了一個模樣。我從稚嫩的高中生，變成大學生，到現在大學畢業，身邊的人各奔東西，我也不在同一個原地了。但是我重新去見他們，那些以前瘋狂又美好的時光，就像電影的片段那樣一幕一幕經過我的腦海。當初的悸動，所有瘋狂的汗水和淚水，可能會隨著時光凝固，我們都會慢慢長大，慢慢離開從前的自己，可能我有一天也不會像當初那樣喜歡他們，或是如此一心一意地追隨他們，我會漸漸有自己的生活，漸漸把他們放下。然而，當我再見到他們，再聽他們的歌，那些從前和曾經像是不曾離開。

我在台下看著他們的身影，很感動也很懷念，那些時光好像從來沒走過一樣。一直一直在那裡，代表著一個時代的降臨或消逝。

我相信每個人的生命裡一定有這樣的存在。他不屬於你，但他之於你，像光一樣。一旦抬起頭，就會看見他發光，然後你會被他照亮。他用這種溫暖，陪你走好長的一段路。

這麼多年來，有很多人來了又走，唯獨他們一直都在時光裡不離不棄。原來，偶像對於粉絲來說，不是消遣，不是對等的交易，不是商品，而是時光，將所有好的或是壞的時光，都變得難忘。

「他後來才發現，原來每個人的青春裡都有這樣的一個存在，
他不屬於你，他站在最遙遠的地方，
他是光，是信仰，是在黑暗裡支撐著你的力量。」

關於餘生

餘生那麼長，
我們要學著善待
陪我們走過一輩子的自己。

你喜歡現在的自己嗎？

你是不是也會在大雨潸潸的夜裡回顧從前的自己？你是不是有時候也想要回到從前，想要變回當初的模樣？

是哪一次的背叛讓你學會了防禦，學會不再無條件地相信一個人，學會做什麼事都先告誡自己不要陷得那麼深。是哪一次的排擠讓你學會了獨立，學會了一個人去面對這個龐大殘酷的世界，學會雲淡風輕地面對流言蜚語。是哪一次的失去讓你把心緊緊地鎖住，那殘破的地方也不再期待誰來修補，躲回了黑暗洞穴裡，學會只和自己共生。是哪一次的委屈讓你學會了自私，學會不再處處為人著想，學會了把溫柔留給自己，只計較自己的得失。還有很多很多的瞬間，一盆水潑在自己的身上，於是你在無聲無息、四下無人的地方，悄悄地學會了取暖，自己抱緊自己。

於是開始慢慢地遺忘自己以前奮不顧身的樣子。也許是後來失去得太多了吧，才會漸漸變得不再期待。你想起飛蛾撲火的悲劇，開始心疼自己，在很愛過以後，你覺得自己丟失了去愛的能力，好像再也沒辦法把心交出去，得奮力地把剩下的碎片藏好，這樣就不會再碎得不堪。你好像長大了，不再衝動也不再莽撞，不會再一味勇敢地往前衝，不會遇到喜歡的東西就拼命要得到；於是後來的你，遇到再喜歡的人也只會搖搖頭說算了，自己一個人也挺好的。這是你嗎？變成一副不痛不癢的模樣，已經學會了保護自己，卻也丟失了勇氣，掉落所有經歷人生的機會，所有感官沒了知覺，不想感受也無法感受。偶爾也會懷念那個善良又純真，曾經相信世界沒有痛苦和眼淚，童話故事都是真實改編的自己；我也偶爾想要回到那些時光，煙花就足以令自己快樂，想念一個人就聯繫，想見他就衝到那個人的面前，痛了就會哭，睡醒了就忘記的那些時光。未來很遠，快樂很近，世界很簡單。偶爾想起那樣的自己，都會想，自己是怎麼變成如今的模樣呢？

每天你帶著明亮的表情走進人群，所有人都覺得你過得很好，在別人的眼裡你不曾承載悲傷，甚至也沒有絲毫惆悵，沒有人知道你回到一個人的時候是什麼模樣。你其實一點都不酷也不堅強不果敢，你只是習慣讓自己看起來雨過天晴，你只是習慣帶著許多保護色，這樣就能妥善地包裹自己脆弱的一塊。久經年月，你甚至以為那些保護色已經可以漸漸地取代原本的自己。你肆意地笑，笑得沒心沒肺，只是你已經慢慢地忘了自己是不是真的快樂。

你快樂嗎。其實並不。

只是你也沒辦法交出自己的悲傷。

所以只能讓自己看起來足夠快樂。

我開始忍不住去回顧那一個非常非常意氣風發的自己。為了不向父母拿錢開始四處奔波去打工，最狂的一段時期，同時打了五份工，每天晚上十一、十二點才回到宿舍，隔天又要早起去上課；因為轉系的關係，要補修學分，課業十分繁重，每天大概只睡四五個小時。除此之外，還有參與系上的活動，還要寫文章，每天每天，日復一日。那個時候的我，真的是個意氣風發的人吧。在別人的眼中，算是做什麼事都做得不錯的人，成績不錯，也有工作的能力，還可以賺錢養活自己，朋友很多，學什麼東西都學得很快，會不同的語言，想要去交換也總是申請上第一志願。想做的那些事情好像只要努力就可以去完成。

然後，慢慢地，大家對你有了期許，甚至是自己，也認為自己必須是這個模樣——必須什麼事都要做得很好，必須強大到讓別人依靠，必須堅強，必須是完美的樣子⋯⋯。漸漸地，當我有了悲傷的情緒，就好想把它們藏起來，不想看見自己頹廢，不想讓自己看見那些傷口，所以不斷地為它們蓋上厚厚的保鮮膜，一層又一層，希望不要讓別人看見那樣脆弱的自己，想要永遠在別人心目中都是美好。但是親愛的，那些被包裹的悲傷不會因為隱藏而隨著時間和歲月消失，反而被困住在很深很深的地方，當我越是假裝什麼事都沒有的時候，它們就越是在皮下叫囂著，然後潰爛，然後崩塌，然後有一天爆出冰層而排山倒海地襲捲而來。

那時我問自己，哪一個才是真正的我呢？我竟回答不出來。

終於明白，我需要去拾獲自己掉落的碎片，去撿起那些傷痛的曾經，去看看被自己忽視的傷口，去接受悲傷在生命中存在的必要。唯有如此，那些悲傷才能被陽光曬暖，慢慢地風乾它們，才有了結痂痊癒的可能。

原來這一切都是因為我們不能接受這樣的自己，不能夠接受自己的悲傷和負面，可是，為什麼不呢？

我們都討厭遇上困難，討厭負面，討厭難關，當這些難題擺在我們面前，我們依然會問著：為什麼是我。我們對於不好的事情，總是選擇避得很遠，像是面對病毒那樣，迫不及待地想要和它們劃分出界線，急切地告訴大家，與自己無關。可是怎麼可能無關呢？當你明白，每個人都會悲傷，每個人都有陰暗的一面，每個人都曾經自私，每個人都會流淚和埋怨，沒有人是例外的。當你了解了這些，將會發現，悲傷並不是不可原諒的。

不如就這樣吧，把受傷當做一種成長，把努力當成一種勇敢，至少所有的一切都值得經歷，所有磨難都值得紀念，在我們還能感受疼痛或瘋癲的時候，盡情地去感受。生命的價值在於經歷跌宕呀，不是嗎？

悲傷不只有壞的模樣，它其實在我們的生命中也同等重要。

到頭來你會發現，這個世界上，就連負面的事情，都有它存在的必要性。

我一直在回想這幾年來的種種，日子這樣子過下來，慢慢地變成現在「我」這個模樣，無論喜歡自己還是討厭自己，都在時間的堆積裡有了端倪，因此，有時候不斷地埋怨起自己：「你怎麼會變成這個樣子啊？」卻也漸漸都懂了，沒有什麼為什麼的，每個樣子都是自己，因為過去的經歷而變成現在這個模樣，所有的過去都印證著今日，都是必經之路。所以呢，悲傷又怎麼樣，傷害又怎麼樣，破碎又怎麼樣。好的壞的，不都是同一個自己嗎？如果這世上連你都沒辦法好好理解自己，連你也不能接受這樣的自己，又有誰能真切正視真正的你。

到了後來，你會發現，若不去經歷一些傷害，是沒辦法學會更加勇敢和懂得的。跌落過，所以學著飛起來，受傷過，所以學著堅持，悲傷過，所以更懂得珍惜快樂。

那以後我們就這樣子吧。

跌倒的時候，受傷的時候，難過失落悲傷的時候，就盡情地給自己機會失敗吧。然後，再鼻腫臉青地哭過痛過，等自己攢夠力氣的時候，就往前走吧，就緩緩地成長吧，就慢慢地忘記吧。

時到今日，你問我你好起來了嗎？

寫了那麼多的文字，碎裂過那麼多次，我都沒辦法真的回答這個問題。我真的好起來了嗎？也許並不。但，或者也不一定要真正的好起來了。我可以用原本的自己無懼地面對這個世界，也許一路顛簸，也許跌跌撞撞，但每一刻都是最真實的自己，每一步都走得非常踏實。

嘿，你喜歡現在的自己嗎？

我們都在歲月裡悄悄地告別了從前的自己，悄悄地長大，悄悄地改變著，少年也已經失去當初的模樣，變得成熟，變得穩重，變得世故。可是親愛的，別忘了，我們一定會改變的呀。也許變得不像你想像中的那麼好，但也沒有你想像中的那麼壞，每個人都必須得經歷一段這樣的過程，褪下青春的影子，長成大人的輪廓，無論是誰都一定要經歷這些。也許不是改變了吧，也許只是成長了吧。在你變得自私和世故的同時，也漸漸地變得強大了啊，再多走幾步，那些過往傷害你的東西和事物也漸漸地不再銳利了啊，那些曾經心痛的、失去的，也不再錐心了啊。

你看，我們都在這樣滂沱狂雨裡長大，慢慢地和自己告別。和從前的自己告別。和不夠好的自己告別。和受傷跌倒的自己告別。

再和更好更好的自己說聲，你好。

別忘了，餘生那麼長，我們要學著好好善待這個陪我們走過一輩子的自己。

不怕想起，
才是真正的忘記。

他離開她的時候，她差點就死在那裡了。不是因為對未來的期盼，而是因為曾經的回憶。兩人一起走過的路，每一個場景說過的話，那些一起實現的事情，都留下了屬於那一刻的痕跡。在一起的時候，連她自己都不會意識到那些痕跡的存在，等到他離開，她才覺得全世界都在提醒她，她的世界裡曾經有過他。

她花了許多的方法想要忘記。找了很多朋友陪她做以前和他一起做過的事，回去那些以前和他去過的地方。她說，這樣也許就能夠把從前的回憶覆蓋過去，一層又一層，直到曾經的印象都模糊，直到身體不再記得，直到洗去那些氣息。

可是到後來，她發現沒有辦法忘記，花了很多的力氣卻沒辦法忘掉他。

正因為是深深愛著，所以在離別的時候才會這樣深深地刻劃在記憶裡面，像是刺青像是烙印，狠狠地刻在神經末梢的縫隙裡面。於是你總是想起、總是忘不掉、總是不經意地走進了所謂回憶的洞穴裡面，畢竟深情的人無法做到說不愛就不愛，我們都沒有辦法像是開燈關燈那樣按下按鈕就丟下感情，也沒法子換習慣像是換衣服那樣輕而易舉。只是我們太愛了，太深情，才會一直記住。對於忘了一個人，我想誰都沒有辦法加快遺忘的速度，也沒辦法把時間撥返回去，所以沒辦法，真的沒辦法，越是想要擦掉一個人的痕跡就越是記起，越是強迫自己忘記就越是用逼人的執著記住，我們總是不明白，其實真正的忘記根本不需要任何的努力。

我曾經急切地想要忘掉一個人的存在，忘了那些過往、忘了那些回憶、忘了那些幸福的畫面，想要把它們從我記憶的捲軸中剪裁下來、丟掉，把他和過去一起丟進汪洋的大海裡面，我以為我可以。於是不斷地努力、不斷地刻意、不斷地忘記，卻發現那不是遺忘啊，只有麻木。最終我還是會想起，還是在意，還是會記起那些深刻又刺痛的記憶，也許那就叫做執念，我想。最後啊，我什麼都不做了，不強迫自己也不為難自己，就去想念他，放任自己浸透在那些沒有答案也沒有解決之道的思念裡，讓它痛著，讓它鮮明著。後來我習慣了那種想念與我同在，也習慣了那種痛楚無處不在。後來啊，我竟然在這樣一個不經意的瞬間，發現自己不在乎了，忘記來得那麼靜悄悄、那麼毫無聲息、那麼溫柔。親愛的，忘記是毫不費力的，是安靜的，是不自覺的，是輕而易舉的。

原來這就是時間的效用。傷痕仍然是傷痕，記憶會一直附著在腦海裡，可是我不再在意了。它們從前把我傷得遍體鱗傷，也許是失去了那些我從來不覺得會失去的人，也許是漸漸對世界失去了期盼，就這樣慢慢地被銳利的情感傷害，一下一下在生命中留下灼熱的痕跡，我以為不再去提起，它們就不會執意記起那些過往，但後來才發現都沒有關係了，當時我過不了的那些關口，現在也不會成為我的阻礙。

或許這就是真正的忘記吧。我想。

並不是刻意地不提起，刻意地把所有關於他的證據都摧毀，以為閉口不提就能抹去，其實並不是啊。真正的忘記，是勇敢地提起，是自如地走進回憶裡，是釋懷地告別過去。真正的忘記並不是真的忘了，而是真的不在意了。

學會不再讓張揚的回憶侵佔自己，理解對於過去的無可奈何，把那些感情收好，不再停滯，不再強求，不再沉溺，為了要向前走，讓過去靜靜地過去，讓未來悄悄地到來，終究要讓時間經過我們。然而，我們還是會記住它們，那些讓我們疼痛和悲傷的理由，那些讓我們快樂又幸福的故事，都太值得被記住了。正因為是這樣走過來的，才會在歲月裡變成如今的模樣。

記得，比忘記更難能可貴。

所以我會說，好的壞的都不能忘。

好的過往當然珍貴，但同樣的壞的記憶也有著它的意義，都值得被我們深深銘記。

這個世界太大、太遼闊了，車水馬龍的生活裡人潮如此擁擠，誰都無法掌握那些相遇以及交錯。遺憾有時候會來得太突然，可能一個措手不及就弄丟了青春和你。我知道世上的失去那麼多，錯過那麼多，離別那麼多，誰都沒辦法預料到那些事情。可是青春太短，一輩子匆匆流竄，既然抓不住散落的遺憾，抓不住生命的紛紛揚揚，我該做的，應該就是往前走吧；這些記憶和遺憾都太重要、太痛了、太過刻骨，唯有繼續走，唯有盡力去記住，才能對得起所有的失去啊。這些遺憾總得要成全些什麼吧。對吧。一輩子就那麼短，別總是在遺憾裡輾轉。

如果可以，從今以後，就對那些記憶不念不忘吧。

我終於可以這樣雲淡風輕地想起，它們再也沒辦法傷害到我了。那些曾經像是溪澗淺落的故事，像是歲月流年裡打馬而過的片段，太平靜，平靜得像是結冰的湖面，靜止而冰冷。我提起你的神情，像是無關緊要的路人，就連壞的曾經，都能笑著說起。

就這樣在餘生裡不念也不忘。

不再主動地想起你，但也不會把你忘記。

「真正的忘記並不是真的忘了，而是真的不在意了。」

餘生漫漫，
原來你只是我的驛站。

據說，每一個人的生命裡，都會有這麼一個人。

教會你什麼是愛，什麼是恨，什麼是歡喜，什麼是悲愁，什麼是卑微，什麼是付出，什麼是等待。他的出現從不為了帶給你幸福，也不是為了陪你走到最後，而僅僅只為了告訴你，怎麼樣以更好的姿態去愛下一個人。

所以說，生命之中注定有那麼一次轟轟烈烈的愛情是徹底失敗的，這段愛情存在的意義，是為了讓你緬懷那段餘音不亮的歲月，以及用濃墨鋪染你的餘生。

蘇尋遇到莫妮的時候，只覺得她是個性格有點古怪的女生。

在同一門課上，他是那一組的組長，偶然的機會認識了莫妮。她並不常來上課，所以擔任組長的他就得負責與她聯繫，討論分組報告的分工及內容。

莫妮在大部分的時候，都是微笑待人，淡淡地淺笑著，卻也沒有太大的情緒，雙眼深處有微微的光影，卻也深邃得像一片沉寂的汪洋，她極少言語，大多都是靜靜一個人待著。蘇尋覺得她並不是那種特別會與人交際的女生，話多的他，偶爾也會多多照顧她。

怎麼說呢？

如果說一開始接近她是因為課業上的迫不得已，那麼，後來慢慢地和她交好，是因為他自己想去親近她。

她確實是個脾氣古怪的人。

偶爾情緒不太穩定的時候，她會坐在學校操場旁的長椅上流淚，甚至還會忽然間沒有任何徵兆地大哭起來，那些從她身邊經過的人，都覺得她是一個神經病。

只有他知道她生病了。

然而，並不是所有的人都能看出她的異常，她大部分的時間都對人友善，甚至還會露出清澈好看的笑容，只有他知道她的那些陰影。

有時候她會在課堂無聲地哭泣，或是看見她趴在桌子上埋頭睡覺時臉上的淚痕。

很多的時候她並不會出現在學校，蹺課已是家常便飯。起初他以為她只是不愛上課，後來知道她生病之後，在生理上無法驅使自己去完成生活上必須要完成的事情和課業。

漸漸和她變得熟稔起來，就忍不住想要更加對她好一點。

該怎麼形容那一種感受？

在離你極近的環境之內，有那麼一個人出現，總是帶著悲傷和眼淚，頻繁地墜入你的生命，而這個人是多麼的脆弱，像是將要碎裂的玻璃，而你無法袖手旁觀，只能伸手去接住她。

莫妮對於他來說，就是一個這樣的存在。

兩個人很快就自然而然地在一起。

蘇尋其實有很多時候都不知所措，不知道該怎麼對待她。他知道她有一個破碎的靈魂，知道她的悲傷，知道她心裡的黑洞，知道她的絕望，知道她的滿身瘡痍，知道她渴望被愛的心，知道她的無能為力。當時他只是想照顧好她，想要替她撫平那些傷口，想要替她擦拭那些源源不絕的眼淚，想要成為她的光芒，哪怕只是微弱的光點，也希望自己能夠照進她漆黑的生命裡。

他永遠記得那一天，她逃離家裡的時候，走投無路地找上了他。

那是一個被暴雨轟醒的凌晨，她來找他的時候渾身都濕透了，雙眼裡滿滿是暴衝的血絲，他已經沒有辦法分辨她的臉上是雨水還是淚水，她全身發著抖，一身寒氣逼人，宛如一個失去溫度的娃娃。

「你知道嗎……他們都不要我了……都不要我了……」

她低迷的聲音嘶吼著，在那蕭疏的夜裡是多麼的決絕。

他看著她拿著美工刀傷害自己，那一刻，他真的覺得她會這樣子毫不猶豫地死在他的面前。

沒有人知道當時的他有多麼的恐懼，後來他想，她應該是痛苦至極的吧。一個人要有多麼的痛苦和絕望才會有那麼決絕的眼神，才會想要以這樣的形式離開這個世界。

他為了不讓刀面傷害到她，用力牢牢地握緊了美工刀鋒，直到那些鮮紅的血一滴一滴落下，她才慢慢回過神來。

美工刀從她的手裡滑落，她開始大聲地嚎哭起來。

他看著眼前這個柔弱的女生，甚至忘了自己手心的痛，他緊緊地抱著她發寒的身體，一句話都說不出來。

他只想要對這個女生更好一些。

那一天晚上，蘇尋聽莫妮說了許多關於她家庭的事情，還有她生病的情況。

兩個人坐在公園裡，滿天都是燦爛的星辰。他抱她抱得特別的緊，在她耳邊輕輕地許諾：

「那麼，我給你一個家。」

後來的他回想那一刻的畫面，都會想哭，他想他真的很愛這個女孩兒吧。

他知道他永遠無法體會她遭受什麼，也未必能夠真的明瞭她心裡的惡魔是如何地摧毀她，他甚至無法確認這段愛情裡面的成分，可他就是想要陪著她，如果她覺得她的生命在下雨，那麼，他就陪她一起淋雨。如果她覺得她的世界充滿黑暗，他就拿燈去照亮她的世界。

後來蘇尋把她接來和自己一起生活。

陪她去看醫生，陪她到學校做心理輔導，每次她抗拒吃藥以及治療的時候，他就帶她去漂亮的地方走走，去看看天空，去望望大海，走過湖泊山川。

開始吃藥的她，精神非常頹靡，生活根本難以自理，藥物讓她失去了思考的能力，儘管她不再感到極致的悲傷，卻又失去了集中力。渾濁，朦朧，焦慮，有時候會坐著發呆好幾個小時，要不睡不著，要不醒不來，迷迷糊糊，有時站著站不穩，閉上眼睛一片空白。什麼都不想也好，這樣想要離開世界的想法也不會想了，可藥效過去的時候，還是會上網去查各種死去的方法，心裡還是會有一絲盼望，希望世界上那麼多意外，偶爾發生在自己身上。

有好一些晚上，她必須靠著安眠藥才能入睡，卻又經常在半夜突然驚醒，然後坐在床邊靜靜地流淚。那時他會起來，坐在她的身邊，緊緊地抱著她，對她說：「沒關係，我在。」

其實大部分的時間她都記不起來，到底那段日子怎麼過的，像是被剪裁下來的一段那樣，空白、零碎的片段，透著光的窗，朦朧的燈光，卻有一個溫暖的擁抱。暗暗黑夜，她會突然驚醒，他翻過身來，輕拍她的身體，悄悄地哄她入睡，然後她會安心地睡去；睜開眼的時候，有他在，然後他去上課的時候會摸摸她的臉，親她一下；然後又是黑夜，她哭了，他緊緊地抱著她一動不動。那些零碎的片段，怎麼又忘不掉。

那段日子她瘦了許多，他總是走好遠的路程去買她喜歡吃的甜點，讓她對食物更感興趣。當她難過，他每天會蒐集捧腹的笑話，只為了讓她開心。她精神比較好的時候，就去戶外看花花草草。後來情況漸漸好轉，她終於有了精神可以上課，課後他就替她課業輔導。

和莫妮在一起的日子，真的非常地累。

偶爾她情緒不穩定的時候，會突然歇斯底里的痛哭，無法自拔，會止不住地問他，是不是還愛自己。甚至會自己躲起來，不想走進明亮又擁擠的街道。

和她在一起，像是拖著一整個毀壞的星球行走，每一分每一秒都覺得沉重，全世界都只籠罩著負面又蝕人的悲傷。很多時候，他甚至覺得自己再也撐不下去了，再也承受不了她的沉重。

可是每當蘇尋想起那一天，她決絕地站在滂沱大雨裡的樣子，他就覺得，這個女生值得他愛一輩子。

他知道許多的時候，莫妮都覺得自己是一個累贅，覺得是自己拖累了他，因而三番兩次地想要他遠離自己。他當時明白，如果這種悲傷對於他來說已經這麼絕望的話，那麼，對於她可能更加痛不欲生吧。

所以沒關係，他仍然願意陪她走進黑暗裡。

再後來，莫妮一邊接受著憂鬱症的治療，一邊在他的陪伴之下，漸漸地好轉起來。

開始可以接觸新的人群，可以像以前一樣走進學校，乍看之下跟別的女生毫無差別。

畢業的時候，她找到一份不錯的工作，卻離這個城市更遠了。

可是他想，這對於莫妮來說，應該是一件好事，她想要脫離她的家庭，如果離開了這座充滿從前厭惡的記憶的城市，她的病應該也會漸漸地好起來。

她開始有了自理的能力，有了全新的生活。

分隔兩地的兩人，也就慢慢地失去了共同的語言。

當莫妮向蘇尋提分手的時候，他沒有辦法接受。

他去另一座城市找她，想要重新和她在一起，可是卻被她拒絕了。

有好一陣子他非常頹廢，整個人彷彿陷入巨大的創傷之中，也曾經恨過她，不懂得為什麼被她拒於千里之外，不懂為什麼她不懂得珍惜一個對她這麼好的人，覺得這一段日子裡，自己像個傻子一樣浪費時間。

他花了那麼多的努力，卻依然沒辦法留住她。

後來她感謝他，說感謝他成為當時她的世界裡唯一一根稻草，若不是他，她現在就不會還活在這個世界上，所以她只有拼命地抓住他。儘管她知道其實在她的身邊，他一直不快樂，卻承受了兩個人的悲傷。她說，他是她不幸中的萬幸，黑暗裡的唯一光源。她說，不想再成為他的累贅。她說，他該擁有一個溫暖的擁抱，而不是每一個晚上抱著冰冷的她。

蘇尋忽然間明白，為什麼他們最後要說再見。

在那些黑暗得發霉的日子裡，他也許曾經給過她傷害。或許是他對於她的病情不了解，在言語中或多或少觸及到她的傷口。或許是哪一次他稍微露出一瞬間的疲憊眼神，讓她又對世界失望了一些。或許是他給予她憐憫的同情，讓她感到自己的無能和悲傷。或許是他的陽光，令她更加感覺到自己生命中的漆黑。

他忽然懂得，他對她的好，並不能要求她同樣的反饋。不能因為她的病，就抹殺了她選擇的權利。當初他愛她，也不是為了得到她。

畢竟，愛情並不是等價交換。

已經好幾年了。

他並不確定自己是不是真正地放下了莫妮。可是當他從大學的同學們口中得知她交了新的男朋友時，他反而覺得如釋重負。

他覺得她終於可以擁有屬於自己的幸福，不用再被這殘酷的世界拖累了。他忽然覺得無比地快樂，終於所有的遺憾都有了歸屬。

他可以好好地經過這一段了，好好地走向另一個人的懷抱裡。

後來，他是如此感謝那一段朽木生花的時光。

於他而言，他學著怎麼去深愛一個人，怎麼付出或是給予。於莫妮而言，就是學著如何藉由他走出那些發酸滯脹的日子。
彼此都已經是相互生命中的良人，或許這就已經足夠了。

原來你只是我漫漫人生裡的一個驛站。
我渡過你，無法逆轉地走進餘生。
此生寬別，各自安好。

再後來我想起你，已經只剩下一抹像風拂過的悸動了。
我多麼地感謝一路上有你，陪伴走過這麼一段路，我也感謝自己，曾經那麼深愛過一個受傷的靈魂。

／以此紀念憂鬱症患者，請你相信，生活依然美好。／

你是漫漫時光裡，
最無法錯失的浪漫。

她要離開他了。

不是因為不愛了，而是因為太愛了。

她知道他的夢想，知道他想要去的地方，知道他沒辦法帶著她一起去闖，知道他會因為她而選擇放棄那些上好的機會。她知道只要她還在的一天，他就不捨得放下她出國完成自己的夢想。她清楚這個世界太過遼闊而現實，很多事情並不是只要有愛就可以解決，她早就明瞭，他們並不是長遠路途的陪伴者。

她看著他為了給她更好的生活，每天努力的工作，做的卻不是自己喜歡的事，她覺得無比地難過。

她的少年應該要有更大的天空，應該蛻出更大的翅膀，應該擁有更閃亮的光芒。她知道不能夠這樣佔有他的餘生，只圖他依賴在自己身邊。

那並不是她的初衷，那並不是愛的初衷啊。

於是她做了一個決絕的決定。

她要離開他了。

用了一次最平凡的爭吵，漸漸地，把他放逐出自己的生活。

其實是放逐自己離開有他的生命。離開了原本有他的城市，拒絕所有來自他的電話，關掉所有關於他的消息。她以為只要這樣，就能消失在他的生命之中。

曾經，她覺得自己永遠都離不開他了。

他們在一起的三年裡，沒有激情的浪漫，有的卻是最平淡的日常。

他再清楚不過她丟三落四的習慣，總是在下雨天，把傘送到她的教室門口，等她下課，再一起去吃她學校附近的小吃攤。

每隔一陣子她就會寫一封長長的信給他，偷偷塞在他的枕頭下，她怕心裡想說的話那麼多，來不及說出那些一閃而逝的情話。她要感謝，感謝遇見他的每一刻。

他會在她生理期痛得死去活來的時候，為她煮黑糖水，讓她能夠暖進心裡，她會靠在他的肩膀上，對他說：「有你真好。」

在她對生活失去信心的時候，他會帶她去看海，兩個人默默地坐在海邊，什麼話都不說，靜靜地陪伴著彼此，數算著潮起和潮落，直到天涯也忘了海角。

她總是想起他來到她的世界的那一天，笑容溫暖了歲月。她是一個沉靜的人，卻因為他的晴朗而有了笑容；他是個幼稚的孩子，倔強地成為她的火爐溫酒，固執地為她倒戈棄甲，不言朝夕，不問餘生。

她想，他可能一輩子都不知道吧，他當初出現的那個樣子，笑得燦爛狂妄，像八月伏天的太陽，那是她傾盡餘生的嚮往。

後來她知道他出國了，去了他想要去的地方，離開從前的所有，他終於不用被生活圍困，他終於可以奔赴前程。

這是她想要的。

她也開始有了自己的生活，去了新的城市，有了新的工作，生活平凡卻又滿足。

偶爾想起他，打開網路多多少少知道他的消息，知道他過得真好，她就覺得夠了。

漫漫時光裡一起經歷的事情，她總是能夠想起，想起他的時候，也會問自己，是不是還在等他，等他哪一天回來，等他出現在她的眼前，她連自己也沒有答案。

有時候記憶就像是一粒沙子。哽在身體裡的某一個部分，因為過於微小，總是難以找出它確實存在於哪個位置。但是你總能感受到它的存在，隱忍的，低微的，不辨朝夕的刺，遠近疏陳，不緊不慢。他就是用這種方式擱置在她的生命裡，像眼裡的沙，沒有銳利的痛，只有慢熱的傷。就是這樣想起你的。很輕很輕地想起你。很輕很輕的想念。很輕很輕地回憶起從前的日子，窗間過馬，花開如昔，像什麼事都沒有發生過一樣，你在記憶裡出現，然後消失。

我沒有很想你，也沒能將你忘記。

你呢，你呢。

他已經離開兩年，這年冬天比以往更加漫長。

她在的城市前所未有地下了大雪，皚皚紛飛的深冬，她一個人下了公車，慢慢經過那條每天如一的巷子，雪堆累積成山，地面蕭疏結冰，她緩緩地走，像過去她一個人走來那樣。

街衢的末端站在一個身影，忽近忽遠。

圍著厚重的圍巾，長及膝的大衣，高䠷的身型。

雪霧迷茫了她的雙眼，眼前濕氣一片。

他站在她宿舍的樓下，看著她，眼睛裡被冷得紅絲滿滿。

她定格在那裡，一言不發，懷疑著自己的雙眼。

他隨著光線走來，終於站在她的面前，他低頭凝視著她，她卻忘了言語。

「我們和好吧。」

那些沒有她的日子，天知道他是怎麼熬過來的。

他不敢去那些曾和她一起走過的地方，他不敢去想關於她的臉容，不敢去看一起拍過的照片。無數個想念她的夜晚，他想要馬上買一張機票來到她的面前，想要穿越時間來到她的身旁，想要不顧一切地把她留住，可是他知道他不能。

他太過清楚她了，為了讓他能狠下心來，為了讓他去做自己想做的事，她不惜讓他離開了自己。

這兩年來，他每天都那麼努力，因為他有了想要照顧的人，想要給予的歸宿，想要鐫刻的誓言，想要拾穗的時光，還有想要餽贈的餘生。

她不是年輪裡的一束煙火，而是漫漫時光裡最燦眼的花火。

千山萬水裡，他只願留她這唯一的良辰美景。

他長途跋涉來到這裡，翻山越嶺多不容易才遇見她，所以讓他再努力一點，再走近一點，再珍惜一點，他知道放棄了，這一輩子都將可惜。

她雙眼蓄滿了淚水，哽咽著：「我以為你⋯⋯」

「我怎麼捨得你的未來與我無關。」他說。

他在她眼中有了清晰的輪廓，溫柔了所有沉寂的光景。

還好歲月沒有讓我錯過你，還好餘生把你歸還給我。

還好我們沒有辜負，還好我們仍有歸途。

她忍住那麼久的想念一下子潰堤，嚎啕大哭起來。

這時他張開了雙手，低聲輕柔地說了一句：「過來。」

她緩緩地走上前，走進他的懷裡，她緊緊地抱著他，「我真的好想你。」

「我知道，因為我也是。」

這才知道，原來最好的愛情，一定要經得起離別。因為離別，而更加明白彼此才是對方生命之中最珍貴的東西。

時光從不遲滯，一席年華而過，他依舊予她年年不忘，她仍然贈他朝朝不離。

終於知道我們未來的路很長，於是我想把愛留給未來的我們，讓距離遞增我們之間的想念。讓時間累積我們之間的眷戀，讓離別增加我們之間的期待。時光太匆忙，歲月太倉促，我們愛得慢一點，然後我們走得遠一點。

只要你願意相信這個人一直在，他總會在那個特定的位置上，不離也不棄，像是街衢末端那一盞永遠孤寂的街燈，一如既往，從不熄滅。你偶爾回頭，他照樣給你滴水不漏的溫暖。

世界真的不盡完美，所以我們更要把時間浪費在美好的人事物上面。例如你。

漫漫時光，我用餘生許你一世難忘。

我想把
餘生的溫柔都給你。

0

想在這樣荏染又透明安靜的夜晚寫下一些故事，那些一直在心底裡某個角落卻從未正視、也從未清晰過的故事。終於想要在這樣微涼獨醒的夜裡寫出來。

1

「我給你一個家。」

夢中輾轉反側，翻了個身，把臉深埋在被窩裡，是誰在夢裡和我反反覆覆地說了這句話：「我給你一個家。」看不清那個人的臉，像是被湮沒在清晨霧靄氤氳裡的樹林，濕濡又溫暖，遙遠又熟悉。我不知道那個人是誰，可是彷彿離我也不遠，也許是哪盞在路邊我未曾停佇凝視的街燈，也許是人群中某個擦身而過的身影，也許是總站在海邊等待船隻停頓的岸口。是誰呢，在哪呢，我始終還沒有答案。

醒來後，什麼都沒有記住，像是好多生活中的小事，最終只封塵在記憶的末端，後來的日子從此不再鮮明。

2

每個人說著「我愛你」時的溫度都不一樣，有著各色斑駁的溫柔。有些人說得雲淡風輕，有些人說得喃喃夢囈，有些人說得深情熾熱，人們在那個時候許著很多深深淺淺的盟誓，關於永遠、關於未來、關於那些邈遠美好的愛情。

沒有人會在承諾的當下覺得自己無法實現那些諾言，我們都渴望著永恆，幻想過那些憧憬，只是後來也沒有後來。那些誓言好像被埋沒在人群之間，隨風灰飛煙滅散去，什麼都沒留下了，甚至到了後來的時刻裡，曾經後悔當初那樣許下的承諾。

我還記得，曾經也和他說過，我不相信承諾了，那些承諾好像最終只會變成過錯，只會變成謊言，只會變成最廉價的甜言蜜語。

漸漸明白原來承諾的定義從來都不曾彰顯在未來，而是當下。

「那就當作承諾只是來不及實現了，誰都沒有錯。」那時候他丟下我的時候，我這樣子和自己說過，只是來不及去實現那些美好的未來，僅此而已。

僅此，而已。

我不太相信愛情也不太相信承諾。

大概跟我比較親近的人應該會知道那些關於我的故事，雖然每次我都輕笑帶過，用一種極度輕微的語氣來訴說著沉重的事情，我總會說：「真的沒關係啊，我已經長大了。」已經不再是當年那個帶著稚氣不懂得這個寬敞世界的女孩兒了，我說。

也許在歲月裡面已經受到了太多的傷害，當刀子不斷地在同一個位置絲毫不差地砍下，你會明白血肉模糊的傷口已經不會再發痛了，因為舊的疼痛還不曾過去，那些痛楚已經到了一個無法再遞增的地步，於是就再也沒有感覺了。我想著，大概就是那樣的感覺。

於是我曾經在《離岸》裡寫過這樣的一段話——

其實就像是溺水一樣。

只會在最初的時候感到難受和窒息，然後慢慢地—慢慢地—失去所有的知覺，在龐大而寧靜地海裡不斷地墜落，或者飄浮，或是任由黑暗像潮汐一樣覆蓋自己，沒有時間的束縛和鉗制，讓身體放空流通。

也沒有什麼不好的，因為已經不痛了。

她想著可能人都是這樣的吧。

無論在什麼惡劣的環境下都可以適應生存，然後長久地、孤獨地、倔強地活在地球上，以幾億年的量詞去衡量著痛楚。那些被割破了又癒合，癒合了又被割破，不斷被翻新、被烙印、被反覆清晰著的傷痕。

只是可能都不會好了。

可能再也不會好了，一輩子只能不斷累增的痛感。

如果你見過這樣的畫面，那麼，你一定會懂得那種荒涼極致的感受。就像是被一場大火燒光金碧輝煌的大宅，在一夜之問變得殘破和頹圮，剩下一地破爛的敗瓦。

那個時候，大概就想要寫下關於家的破碎的感覺。

那一年我十八歲，在台北的宿舍裡打長途電話回家，電話裡是母親的聲音，她說出離婚兩個字。我說好，你們開心什麼都好。

那一天晚上我在宿舍默默地流了好多眼淚，是一個燥熱的晚上，室友說了一句：「別哭了，你看著他們的婚姻就好好提醒自己不要像他們一樣。」

我說好，過了這天晚上，我再也不會為了「家」這個字哭泣了。

3

其實我懂的。

十九歲，我見證他們在離婚協議書上簽名。

在活著的十九年裡面，一場長達十九年的戰爭，長達十九年的拉扯，終於在我的目睹之下結束了，當彼此傷害經過歲月不斷的蹉跎，我其實一直、一直都知道，只是不想要面對，我在想，我們都會變得如何面目可憎呢？最終。那個時候，真的以為這些疼痛已經變成了疤，不再流血不再發膿不再叫囂，可是你知道它永遠都在。

還是很想哭。終於所有的承諾都結束在一張紙上，終於不再用尖刺拼命去互相傷害，終於真的什麼都走上結束的路，只是有什麼已經死了，只是有什麼已經碎了，只是沒有人可以再把那些破碎的拼湊回來，最終成了凝滯的裂縫。

你說，如果這個世界連那個如此美好的婚姻盟約都變成約束、變成束縛、變成綑綁的時候，還有什麼承諾是可以相信的呢？

家，好像突然失去了所有的意義。

4

他說，我要娶你回家。

於是在每個階段都惡性循環的我，重新又聽到了「家」這個名詞。

我和他說了好多的話，說了那些傷痕累累的痛楚，「這樣子也許你能夠明白那個擁有感情潔癖的我，從小看著爸爸媽媽把好好的一個家毀了，我看著他們的碎裂，看著他們帶我去見證他們的離婚，看著那些為了金錢的爭吵，看著他們帶著刺傷害彼此，看著曾經如此親密的兩個人惡言相向，看著媽媽的背叛，看著爸爸的墮落，有時候我真的在想，是不是世界上不會再有了願意陪我走一輩子的人。什麼是愛，什麼是永遠，什麼是婚姻，你不會知道的啊，我對這個世界有多失望，總是在我相信的時候給我一記耳光，告訴我那些傷其實永遠不會好了。」

於是不再相信了，那些浸淫在蜜糖之中的諾言。於是也不再相信了，世界上會有著深情的人。於是不再相信了，那些一輩子都愛你的話。

許多人跟我說：沒關係，會好起來的。

那個時候我多想告訴他們，我真的好討厭這句話，因為你們不會懂的，事實上，有些事情是永遠好不了的。碎了的家可以好起來嗎？離去的人會回來嗎？如果連世界上最美好的婚姻誓言都可以這樣蹂躪，又有什麼話是可以相信的呢？碎了的東西能回到無痕的最初嗎？你說可以嗎。好得起來嗎。不好的事情最後真的會不留痕跡地離開嗎。那記憶呢。感受呢。總有一天會被時間消磨掉嗎。真的能忘卻嗎，所有曾發生過的事情。

它們只是會過去，僅僅過去，卻以記憶為名自始無終鮮明地疼痛著，用一種恆久不息的存在慢慢侵蝕你。

5

我總會默默地許著很多願，做著許多夢。

與好多的人相遇，聽著人們深深淺淺地說著愛情，我終於開始仔細地想著我想要的愛是什麼模樣的，很仔細很具體地想著，漸漸有了好多實際的畫面。有時候，那些關於未來的模樣真的很美好。

可以的話，讓我奮不顧身地愛上一個人。

二十七歲結婚。

往後的日子偶爾去旅行，坐在海邊聽著歌寫文字，可以看日落還有海邊情侶們牽著手散步的浪漫表情。

結婚的時候和他一起去刺青，把那天的日期和對方的名字生生世世刻進自己生命裡。不再糾結於自己沒有家，那個時候會有個人給我一個家。那個家，不用很大，最好是我喜歡的白色裝潢，要有一張很大很乾淨的書桌讓我可以盡情寫文看書，還要有很大很大的書櫃，可以盡情沉浸在書香中。最後，要有一面很乾淨的牆壁，把所有愛的證據都貼在牆上可以每天回想重溫。

我想要生孩子，雖然我很怕痛，可是我想要用這種銘心的痛記住家的幸福。

若真的有賺錢，要開一間賣書的咖啡小店，位置不要很多，賣的都是我喜歡看的書或是我的書。我愛的人會站在吧台幫我泡一杯專屬我的咖啡，拉出一片精緻的葉子，他會靜靜地看著書或是看著我，我則是在書頁中靜靜地沉睡。我想和愛的人去流浪，去沒有人認識我們的地方，去到世界的盡頭，那裡只有我們兩個，日升月落都變得不重要，我想要一輩子聽他說很甜很甜的話，我想要臉紅著吻他，我想要和他走一輩子的路。

想要為他寫好多溫柔的字，每天寫一封信給他，等到哪天我們的記憶都不再結實，我們可以重新回顧，如何愛上對方，如何廝守到老。

還想要把那些小事收錄成書，讓世界可以看見我們溫暖又美好的故事。

那麼多的溫柔，我只想要給他擁有。

我把這些夢告訴了他，他說：「你看吧，你果然還是一個對明天充滿盼望的人哪。」

春末柔軟，我抬頭凝視著他，有什麼哽咽著我，讓我的眼淚終於崩然而出。

是的，原來就算多不好的過去，都不代表著你的餘生。

6

「那就當作回憶是用來懷念，而未來是用來實現。」他說。

我終於明白，對於那些傷痛的記憶和過往，我們可以很懷念，但不能一直停滯不前。

二十幾歲了，我終於可以若無其事地把這些寫成文章。

時至今日，還繼續書寫著。有時慶幸自己依然愚蠢，依然選擇相信世界的和善，相信世界依然存在著一部分的溫柔。學著給自己安全感，學著撿起自己的碎片，珍藏著那些片刻裡的傷痛，學著去寬恕所有的事情。回過頭來看，這些我們當初覺得過不去的一切，突然都變得好渺小。那些好與壞，悄悄地降臨，然後又被時間稀釋，悄悄地留下一些深深淺淺的疤，有一些或許還在疼痛著，但有一些已經風乾，不再鮮明地刺痛。

也許你不喜歡自己的過往，也許你喜歡過去意氣風發的自己，也許你覺得糟透了，但其實所有你經歷的一切，都讓你在無聲無息地歲月裡長大了一些。就算是最糟糕的日子，也留下一些事情讓你改變，學會了與疼痛共處的辦法，是嗎，是吧。

過去的就讓它過去，還沒發生的就去期待，離開的就放開，留下的就好好地愛。生活不就是這樣嗎？

許個願，願自己依然懵懂，不懂世故，雖然受了許多的傷但依舊要善良，雖然失去很多但還是選擇相信。不用太好，慢慢的，就好了。只要慢慢地在變好的路上就夠了。

是的，餘生漫長，還是要相信，還是要盼望，因為美好的事物會留給願意相信的人。

7

這個清晨，我聽著馬頔寫給他的愛人的歌〈傲寒〉，我流了眼淚。

忘掉名字吧
我給你一個家

傲寒我們結婚
在稻城冰雪融化的早晨
傲寒我們結婚
在布滿星辰斑斕的黃昏

傲寒我們結婚
讓沒發生過的夢都做完
忘掉那些過錯和不被原諒的青春

我看夠了世事變遷，也見夠了滄海桑田；
我受夠了冷嘲熱諷，也喝夠了燒喉烈酒；
我走夠了無人孤巷，也流夠了風花雪淚；
現在，你帶我回家好不好？
我總是聽著別人說浪漫的故事，總是看著人們的悲歡離合，總是獨自走過春來秋去，也總是孤單看著那些良辰美景。我走了那麼多的路，受了那麼多的苦，你能不能快點來，我不想再顛沛流離，你能不能帶我回家。
給我一個家。

8

我們無法去數算那些過去錯過的事情，那裡有太多的回憶封存著，那裡也有好多遺憾和念念不忘。後來不斷地回頭，也拾獲不了所有過錯和辛酸。她說她最好的年華和青春都給了那個少年，可我終究和他錯過了，那裡埋葬了最美好的自己還有最純粹的愛情，她把最溫柔的目光給了那個男孩，她對他說，後來看著誰也無法再用同樣的溫柔對待一個人了。他卻是這樣和她說，我們永遠無法用同樣的溫柔去對待不同的人，過去的你有著過去的溫柔，那些柔軟和回憶一起留在了過去。他以為那是全部的溫柔，其實你還有餘生的溫柔在未來等你。經歷了那些深深淺淺的柔軟，有一天，你會想要把封存很久的溫柔全部只給一個人保管。

每個人都有其溫柔的地方，只願意留給最重要的人。後來她遇上了他，她發現溫柔從來都不曾離開，只是沒遇上那個人的時候，她暫時把它們都藏得好好的，等到趕上了那次花開，她對他說，我想要把餘生的溫柔全部都給你，只給你。

9

我知道總有一天我將不再糾結我沒有家，而會有人給我一個家。

如果誰願意給我一些溫柔的深情，也許那些傷，我最終可以不介懷，可以坦然地去面對它們。到時候會有人給我一個家，真正的家，有愛有陪伴也有永遠，不再只是供我吃飯和睡覺的地方。

那麼我會相信，我會用餘生去等他。

生命是那麼的殘忍
又那麼的美好

／ 這本書獻給我的表妹——阿欣 ／

把最後一篇寫完的那個凌晨，我整個人都處於一個被掏空的狀態，桌子前頭是鵝黃色的光暈，窗外是一片風輕雨澌，我在裡頭，像被裹在密實的繭，世界失去聲響，春天這樣子悄悄地到來。

在寫完上一本書之後，發現在寫文的過程中，太過於赤裸和激切，好像總是要把疼痛掀開，不斷地反覆經歷當時走過的路，太過沉重，一路讓我氣喘吁吁。然而在寫這本書的時候，反倒沒有了這種感覺。每一篇的故事都代表著時間裡的自己，每一次經歷的事情都是人生的回味和倒帶，我忽然覺得，我寫的不只是深刻的感受，更多的是對那時的自己的一種記錄，記錄那些好的日子和壞的日子是如何編織成歲月。

該怎麼樣去定義那些不爭朝夕的時光呢？

在花開尤盛的青春裡，時光沒辦法成就所有的紙短情長，感受只能在皮下焦燥地鼓動。在最年輕的年華裡撞上最深刻的人，張揚莽撞的年紀裡，以為翹首以盼的明天會如約而至，任風挫雨撓也不曾停止熱愛這個世界。

在屬於你自己一個人的旅途裡，一腔孤勇地往前走，任時間的巨流在身後追趕著跑，你也只能步履不停地四處赴路。於是你開始歷遍山河，開始四海為家，走得洋洋灑灑，走得風塵僕僕，你要習慣一個人往更遠的地方走去。

於是你在滴水不漏的時間裡遇上歡喜的人，你們在月夕花朝之下，共許盟誓。你開始學習如何去愛一個人，在捕風捉影的情緒裡學會付出和等候，你們相互陪伴彼此走過一段難忘的路，即使路途遙遠也享受著日暖花繁，愛，成就了你。

這條路是這麼的冗長，一路走來，你開始擁有得很多，卻又在許多措手不及的瞬間丟失了許多東西，你終於知道什麼是失去。那些佔據你內心一部分的人事物，他們和你分道揚鑣，甚至來不及說再見已彼此仳離，你只能自己潰決在傷痛裡。

你重新回到一個人的四海八荒，時間自始至終都是一刻不停地運轉著，它是上帝給予的仁慈，一天一年你慢慢淡忘那些心裡的窟窿，你從心力交瘁變成雲淡風輕，一切都不過是時間的問題。但時間同時也是上帝給予你的殘忍，它奪去你的時光，它催促你長大，它讓你迫不得已地走進未來。

你終於慢慢地明白了，餘生的漫長。原來你可以決定那些未發生的結局，你可以撰寫屬於自己的故事，餘生那麼長，有什麼做不到的呢？

我一直相信，要懷有期待才能偶遇美好。

生命不乏悲傷的隱喻，生命總是被殘忍的故事包圍。

也許你正在經歷一些磨難，也許你還沉浸在一片大雨滂沱，也許你也擁有許多說不出口的痛苦和傷口，可能總是在蕭疏的夜裡獨自驚醒又再難以睡去，可能是在一條絡繹不絕的路上丟失了自己，可能是在漫天蔽野裡失去了一些重要的東西。你不曾了解，你也會埋怨，你還沒有明白離別帶來的真正意義，誰的走，誰的去，好像都顯得太過蒼白，到底什麼是擁有，什麼是錯過，也許你到現在還沒有一個答案。或許偶爾也對世界充滿失望，或許你也不再天真相信這世界的良善，或許你漸漸變成當初自己討厭的模樣。

這些年，你原來經歷了那麼多啊。那些好的日子，天晴，明朗，有人會陪在你的身旁，笑容燦爛得像是不滅的紅日。還有那些壞的日子，天寒地凍，雨灑滿街，你回頭望卻再也找不到任何足印。這些細碎卻深刻的日子，好的壞的，都刻畫成歲月的模樣，原來最好的歲月，不是只有好的時光，而壞的時光也同樣重要，也同樣值得紀念。一定是因為經歷過那些壞的日子吧，所以你才能變成這麼勇敢；也一定是因為經歷過好的日子，所以才更加懂得珍惜。這不就是歲月的意義嗎？

願你往後的日子，都能足夠相信，所有的時光是那麼美好，即使風雨交加，即使斷壁殘垣。

原來餘生那麼長，長到可以讓我們愛上一個人又失去一個人，長到在往後的日子裡忘記那個人，長到讓我們愛上另一個人也像當初愛他那樣。

原來餘生那麼長，長到我們還有無盡的時光可以去原諒，長到可以搗碎曾經擁有的悸動，長到讓所有的回憶都風乾像從未發生過那樣。

原來餘生那麼長，長到我們還有漫漫的日子去經歷悲喜，長到可以讓我們去做想做的事情，長到令我們在往後繁盛錦簇的日子裡頭熠熠生輝。

生命是那麼的殘忍卻也那麼的美好。

來日方長，請你嚮往餘生。

不朽

2018/4/14 20:00 TAIPEI

關於自己

無論是多少的缺憾，
心裡面一定要有個位置，
永遠屬於晴朗。

1

你要記得，你的心裡一定要永遠擁有晴朗的天空和夢幻的童話，要住著月亮和魔法。無論多少裂縫，都一定要有相信和盼望。無論割捨多少東西，都不能捨棄幻想和喜歡。

2

感謝《想把餘生的溫柔都給你》的出版，我得以接受許多學校、媒體的訪問，以及得到能夠假裝一個足夠成熟的大人般給學生演講的機會。於是我開始蛻變成一個從未想過的大人模樣，有時候會覺得自己像是穿著一雙硌腳的皮鞋，有點不穩地朝向未來邁進。

他們總會問到我為什麼想要成為作家，而我則會分享十一、十二歲的一個小故事。我相信每個人的夢想背後都一定有個獨一無二的故事，而那故事之於別人也許並不是最與眾不同的，可那是自己世界裡最光芒燦爛耀眼的。

我的也是。

小時候的我，很喜歡看台灣偶像劇。明明就是小屁孩一個，卻總覺得自己最懂世間的情情愛愛或甜酸苦辣。還有另一個原因是，主演都是俊男美女。很不巧的是，當時我喜歡的角色，是俗稱的「男二」。

「男二」是個怎麼樣的角色呢？總是喜歡女主角卻又愛而不得，因為女主角必須喜歡男主角，他們永遠是童話裡的完美模版。「男二」會深情地喜歡女主角，為她上天下海奔萬里路，甚至願意為她而死。這個角色永遠值得人心疼，因為他的出現，僅僅只是功能性地讓女主角得到更多的寵愛。

結局可想而知，男主角和女主角如願地比翼雙飛了，而我喜歡的角色卻慘死。很俗套，對吧。

可是小時候的我，為這個角色流了好多眼淚。他是我的白月光，也是我的意難平。後來我不只詛咒了女主角，更是連同編劇的份一起下了蠱。不知好歹的我，在心裡想著：好啊好啊，既然你們都不給我喜歡的角色一個好的結局，那我來寫。

我寫的第一篇小說（嚴格來說是連小說都不算的東西），只有人物和對白，沒有什麼形容詞，更遑論有什麼修辭和艱澀的詞彙。內容大概就是講述一個女孩和一個男孩（我喜歡的角色）幸福快樂的故事。

如此的破爛和簡陋，沒有跌宕的起伏，沒有讓人深刻印象的情節，就是那麼一個簡簡單單的故事。我每天寫一段，一天天的寫，寫了整整一百天。寫到了結局，我深愛的角色和他深愛的女孩終於有了美好的結局，這才停下了我的筆。

我再也找不回那一堆文字拼湊出來的東西，即使有，也不會讓任何一個人看，這不是自挖墳墓嗎，誰都有自己的黑歷史，那些黑歷史更適合存活在腦袋裡某個生鏽的位置，而不是呈現在大眾的視線裡。

我寫的第一篇文章，已經無從找起。可是那個時候的自己，永遠在我的心裡。是屬於我的童話。不滅的童話。

3

以前曾對人說過，想要成為作家大概是因為喜歡看小說的關係。後來，雖然不是因為小說而開始出版這條路，但這中間十年來也有斷斷續續地寫。

喜歡小說的絕大部分原因，都是因為熱愛幻想。高中的數學課，老師在黑板前講題，我就一邊用書本遮遮掩掩，底下是厚實的小說原稿，若能在當天放學前寫完一章，就會興高采烈地傳給好朋友看。好朋友就像是看小說連載那樣，隔三岔五地就問我寫完了沒，更新了沒，女主角怎麼怎麼樣啦，男主角怎麼怎麼樣啦。我便會得意洋洋地說，還沒，還在趕稿呢。

現在回頭看，趕什麼稿呢，明明就是自己玩家家酒的遊戲。

但，那卻是我高中裡最快樂的時光，偷偷地不專心上課，腦袋裡能夠描繪出複雜的人物關係圖，然後嘴裡咬著鉛筆，一個字一個字地寫在白紙上，厚厚的一疊，裡面有我創造的世界，我創造的人物，他們在我的筆下笑著或哭著，寫到即使手痠了，小指沾上黑漆漆的鉛粉也不罷休。什麼出版、什麼稿費、什麼文學獎通通都不重要，重要的是，我熱愛寫小說，我的心臟在為了寫作這件事而怦然跳動。

寫著寫著就二十萬字了，分了上下兩卷。寫到了終章時，我哭了，感覺所有人物都是真實存在的，而他們在跟我揮手說再見。

後來偶然跟室友說起從前的小說，這二十萬字的小說永遠封存在硬碟的文件夾裡，即使我知道它永遠不可能出版（太羞恥了），但是無論後來換了幾次電腦，我都一定會把它保存下來。前幾天回去重看一遍時，想起這個小說的名字叫《天使》，啊，我果然是個「中二」的美少女啊。

翻開了當時寫的後記，覺得甚是有趣。

「《天使》的故事要告一段落，未來還有無數的文字等著我，接下來我又要去到另一個文字世界，感受那裡的愛與恨。親愛的，我們就在那個世界見面吧。」

一邊看一邊笑，笑著看到最後，然後哭了。

這麼多年過去了，親愛的自己，你還愛小說嗎，還愛童話嗎，還愛這個文字世界嗎。

4

世代在變，好多東西都逐漸的碎片化。

生活變成了好多好多不同塊狀的碎片，每個人每天都在自己的世界忙碌著。看書好像漸漸變成了小眾文化，是所謂「文青」才會做的事。所有資訊的吸取都來自於碎片式的網路科技，臉書、Instagram、各大網路平台，說起來很諷刺，我也是從網路開始寫文章的。寫信逐漸變成是一種老套的浪漫，郵箱成了復古的拍照地點。透過便利的科技產品，即使穿越不了地域，也可以隨時隨地發信息、視訊、電話。快樂也是碎片的，很多情緒錯綜複雜地填滿心臟每個角落，短暫閃爍的快樂之後，又繼續著不快樂的日子。

不知道這是件好事還是壞事。

但，我還是好喜歡那些老套的浪漫噢。到電影院看重新上映的經典電影，買實體唱片回家用光碟機播放，花一個下午瘋狂地看一本小說到淚流滿面，把說不出口的情話裝進信件裡寄出，把心事寫成厚厚實實的日記手帳本，把照片沖洗出來貼在牆壁上懷念，想見一個人就跨山越海地去見他，看見星星月亮就駐足，永遠熱愛幻想和童話。

真浪漫啊。

這麼多年過去，我還在寫作，我還熱愛小說。想到了之後準備寫新小說了，心臟就一陣猛烈地跳動。之前我曾在講座提到，真正在做熱愛的事情，心臟會告訴你，你有多熱愛它。啊，一些年月過去了，我好像變了好多，變得冷血、變得殘忍、變得腐爛、變得成熟和自私，被世界磨去了稜角，慢慢懂得世故，懂得說謊。小時候曾期望成為的樣子，我一項都沒有做到，還時常對自己失望，時常埋怨，時常厭惡這個不公平和殘忍的世界。可是，我還是熱愛幻想和童話啊。

我還是割捨不了童話，那是我心裡最後一塊的晴朗。

5

二〇二〇年初看了新版的《小婦人》，事隔多年，我有了新的意難平。

故事是講述十九世紀美國一個普通的家庭，四姐妹一起生活的故事，當時女性的社會地位很低，電影裡無不是在宣揚女性主義的探討和崛起。

四姐妹都有著不同性格。瑪格是大姐姐，溫柔善良，擅長照顧家庭。二姐姐是喬，也是女主角，喜歡寫作，熱愛自由，衝動坦率。伊莉莎白是三姐姐，比較害羞，喜歡音樂。老小叫做艾美，被大家寵愛的人，比較任性。

男主角叫勞里，是個性格活潑的貴族大男孩，和喬同齡。

我好喜歡她們一家。每個人都有自己的個性，有屬於自己的顏色和鮮明，有自己的銳利和溫柔。從任何一個角度來看，勞里都是推她們一把的人。

電影裡有一段，當勞里對喬說「我愛你」，但是喬不同意，決絕地說明自己對於他們之間的感情時，勞里的所有悲傷都能從他的眼睛裡流洩出來。他們兩個是太相像的人，抑或是太不相像的人，一路上的互相扶持、互相善待，有些情感也許早已超越了愛情，就像我以前寫過的：愛情是個太狹窄的詞語，情感是世上最複雜的東西。親情、友情、愛情的比例怎麼可以用「愛」一個人去概括，那是不可能的事，愛情裡也有友情和親情的部分，友情裡也有愛情和親情的部分，親情裡也有愛情和友情的部分，所以，用某一個詞語去稱呼一種情感都不得當。

喬和勞里之間的情感是什麼，我不知道，只是我知道他們一定深愛著對方。

喬說：「我認為這輩子我都不會結婚，我為自己活著而感到快樂，我熱愛自由，不想這麼倉促地放棄它。」

勞里對她說：「不，喬，妳會結婚的，妳會為了他赴湯蹈火，因為妳就是這樣的人，妳一定會的，而我，而我只能看著。」

看完電影的那一夜，我的第一個想法居然不是關於女性主義的討論，而是遺憾。寫手帳的時候，我寫到意難平三個字。

要到後來的人生才會明白，原來無論是哪一個完美的故事都存在著缺口和遺憾。沒有所謂的Happy Ending，一些主角的完美結尾必定是來自配角的犧牲。本來啊，世界也好，故事裡也好，就沒有所謂的皆大歡喜。

就像是我的「男二」那樣，永遠需要有人犧牲，永遠沒有真正的童話。

我想起了小時候的自己，這個時候的我，應該覺得憤憤不平，然後拿起自己的筆，為喬和勞里寫一篇單純美好的愛情故事。可是長大的我，再也沒有那麼做，心裡的缺憾越多，越能明白到一些幻想好像永遠無法填滿心裡的黑洞。

所以，當喬對母親憤怒地說：「女人，她們有思想，她們有靈魂，還有心靈，她們有抱負，她們有才華，還有美貌。我討厭人們說女人只適合去愛，可是我……好孤獨。」

看到這裡我真的哭得好慘，那瞬間我想的是，我寧願當個膚淺的人，只想喬和她的勞里在一起，不需要去管世界的任何法則，只需要為彼此，為了自己而活。

總是會有遺憾的，每個人都在為自己的選擇而付出相對應的代價，她選擇了自由和她的熱愛、她的奔赴，所以她錯過一個非常愛她的男人。大姐姐瑪格選擇了嫁給心愛的男人，於是她需要接受貧困的生活。你看，其實每個人都有屬於自己的遺憾，而他們將用一生去接受這樣的遺憾。

可是啊，我還是想要相信童話。

看電影的時候，我並不喜歡喬，我覺得她好尖銳，總是渾身帶刺般在不經意的過程中刺傷身邊的人，沒錯，她善良同時也苛刻，她獨當一面同時也趾高氣昂。隨著故事的演進，我開始慢慢明白，她就像是我們每個人最初和世界碰撞時的樣子，有著自己的色彩和自己的驕傲，勇敢和堅決，然後在遇到很多美好的事或崩壞的事時，學會和解、學會懂得、學會尊重。最後，她學會了尊重姐姐的夢想，學會接受遺憾的存在，學會與妹妹和解，學會退步和放手，也學會更加勇敢地追求自己的夢想。

結局真的好善良，每個人都有歸宿。

可是喬和勞里沒有在一起，永遠的意難平啊。

兩個不喜歡交際的人，因為喬的裙子被燒破一個洞，在喧鬧的宴會廳外擁著彼此跳舞；她為了家庭剪了一頭短髮，酷酷地把錢交到母親手上，一轉身就找到他，撲進他的懷裡，他會溫柔地揉揉她的頭髮；只要有她在場，他的目光從來都是在她身上；他說他為了她改掉了所有的壞習慣；他會在她的肩膀上蹭蹭自己的頭髮；他們會在所有合適或不合適的場合打鬧玩耍著。他會一直戴著她送給他的小戒指。

可是啊，有些錯過就是一輩子了，對不對。他們會一直用不同形式去愛著對方，然後看著對方幸福。你說，這樣的遺憾也算是一種圓滿嗎？

不，我是個膚淺的人，看到電視劇裡我喜歡的角色死掉就會很生氣，會大罵編劇；看到小說是悲傷結局便會淚流滿面、無法接受，就像是很久以前因為喜歡一部電視劇的「男二」而為他慘烈的結局改寫了劇情，才想要成為作家一樣。我還想要相信童話故事，還想憧憬魔法世界和超級英雄，還想相信深情的人總會相守白頭，還想相信王子會結束公主的孤獨。我還想幼稚，還想不懂事，還想拒絕所有遺憾的發生。

所以，如果妥協是種人生常態，那麼，我也希望有人允許反叛，允許敢愛敢恨，允許做夢或墮落。

就像瑪格所說：「我和妳的夢想不同，不代表它不重要。」

6

某次看見五月天阿信的採訪，他說：「如果你小時候很愛吃布丁，但是成為大人之後卻變得看不起布丁了，那這就不是我們要變成的大人。無論你小時候所珍惜的東西是什麼，或者在你青春歲月中覺得美味的事情是什麼，是友情啊是愛情啊都好，如果當初你因為它感動的話，不要因為長大的過程就放棄了對那些事情的感動。然後，永遠在自己的心裡留下那個喜歡吃布丁的小小孩。」

我記得的，永遠記得那個為了「男二」而泣不成聲，下定決心要給喜歡的角色寫一個美好結局的自己，也記得那個寫《天使》的自己，也記得那個信誓旦旦說「我要成為作家」的自己。我永遠記得那個喜歡吃布丁的小孩。

這個女孩，她喜歡寫作，她喜歡小說，後來她成為了一名叫做「不朽」的作家，再後來，她依然喜歡著寫作，她說，這會是她一輩子的熱愛。

7

世界總是有很多的不圓滿，我知道不是每個熱愛寫作的人，最終都可以出版自己的作品；我知道不是每一次許願都能夠實現，知道不是耗盡所有努力就會達成，也知道不是相遇就不會失去。相反地，這個世界的缺憾太多了，殘忍至極，每一天的新聞都有不好的消息，好好活著的人總是被意外帶走，說著要離開的人沒能離開。快樂毫不容易，悲傷散滿一地。

可是啊。

無論有多少缺憾，心裡面一定要有個位置，永遠屬於晴朗。

感謝是你
成為了我的相遇，
成全了我的失去。

今年搬家的時候，把書架裡的東西一件不落地埋收進紙箱裡，一些舊書本，破爛和發霉的筆記，落滿灰塵的日記，角落處還有一個大盒子，裡面存放著那些無以名狀的信件。我很少想起這個盒子，像是我們總不會想起每段歲月裡的瑣碎那樣，也甚少翻閱這個裝滿拓印著心意的紙盒，有些東西太鈍重了，鈍重到生命裡難以承受再一次的翻開。一些收到的信，一些寄出卻又折返的信，一些沒能寄出的信。

任何紀念都像是歲月贈予的一記耳光。

／那年冬天我對你說過那樣的話：「我以後誰也不找了。我不找你，也不找爸媽，我就自生自滅吧。」

／我以為那些東西都會過去的，是的，除了我，所有東西都過去了，你也是。

／我想，我們分開也好，也終於不用再互相傷害，我知道這些日子，我只是拖著，只是想要延遲我們分手的期限，但我知道再也拖不下去了，我們都累了，就停在這裡吧，因為回不去了啊。

／「回憶很多，你的影子也會充滿我的生活。」——孫燕姿〈我不難過〉

／七月，我竟然這樣不動聲色地失去你，沒有眼淚。明天還那麼長，除了告別我們別無選擇。

／輸宗，再見，七百多天，終究也還是輸給了時間。

那已經是四年前的夏天，和你在一起那天，我說我永遠都會記得的那一天，我朝你奔去時雙眼發出歡喜的目光，是我後來很久很久的日子裡，再也見不到的光亮。失去你的日子是七月，同樣也是一個熱得令人發瘋的夏天，窗外的陽光眩目奪眼，我能嗅到空氣中那種潮濕和暑悶，你傳來了訊息，我低頭坐在公車上，身邊的人一個一個下車，我坐到了公車的終站。

原來有些東西的碎裂可以如此無聲無息，無人意識，無人察覺。像是一顆星骸的殞滅，不需要經過宇宙的同意。

分開的時候，我說你再也找不到一個像我那麼愛你的人了。

你說你知道的，可是我們要去的地方不一樣。

我說好。

「謝謝你愛過我。」

「嗯。」

「對不起。」

「嗯。」

後來，我們終於變成你、我。

結束的那一刻總是比想像中的更死寂。那時才發現，執著從來都不是一件好事，捨不得、忘不了、丟不掉、拾不起，可是又能怎麼樣呢？我忽然明白，我從未像自己想像中的那麼重要，最尷尬的是，總是高估了自己在別人心目中的位置，才會摔得那麼重。

我只是一直都不願意承認，但我真的懂，所以我沒哭，也沒說。

沒有拉扯，安靜的。

有時候回憶像是遠方飄來的燎煙，你能瞥見它的存在，可是你伸手一抓，你知道那裡什麼都沒有。

應該是在很久以前就能預想到的一天，我又重新回到了荒涼的路上。

終於捨得把那些一起存在過的痕跡清理掉，三百零六張合照，你和我的笑臉，七百多個日子，成千上萬的回憶，像是清空一間舊宅，揚起空荒的灰塵。後來我找不回回憶，也找不回你。

這樣其實挺好的，至此流年，各自天涯，你繼續奔往你的路程，我也趕赴下個路口，沒有回頭，說走就走。

有些人就是注定只能陪他走一程風花雪月，然後缺席所有他的未來。

致親愛的翰宗：

算一算，我們分開居然已經兩年有多了。

我不是一個愛聯繫的人，特別是那些從我身邊一步一步走向不同遙路的人們，因為太清楚那些從眼角掠過的風景，即使再絢爛，也不過都是星落雲散的舊病，風捲殘雲，花落燈熄，如一座殘破的死城炊煙已然消亡，所以原諒我沒有去尋找你的消息，同樣也盡了全力從你的世界消失。

好久好久了，我能感受到你在我生命裡留下的痕跡一點一點地變淡，你知道像什麼嗎，像是一場極盛的暴雨過後，被風霾、被陽光、被晨曦悄悄烘乾的地板，一點一點地變回原來的模樣，一點一點地沒收所有關於你的一切。
但是，我有時候也還是會想起你的。

你知道想念跟想起的差別嗎。

在我還想念你的時候，我想我是怨恨你的，像是人本能地怨恨著每一種失去，貪婪地去挽回所有錯誤那樣，我想我確實是怨恨過你的。恨的不止是所有羈絆都到此為止，更是恨我雙手捧在你面前的易碎品被所謂現實的東西殘忍地打碎。

有時候我明白放棄是一種止損。
明白到從身邊走過的人，就是過了，就是走了，就是沒了，緊抓著沒有了的東西是會不斷地消耗自己的。大抵是因爲沒什麼剩餘的自己可以消耗了，所以才在某個很平凡很細碎的瞬間，決定放棄很多的事，只要下定決心，就能放棄很多很多事。
很多個想念你的夜晚，我都這麼想，我們之間一定是為了不再消耗彼此，為了讓剩餘不多的美好保留下來，所以才決定要放棄對方的。
我想，你應該懂。

失去你像是失去最好的自己，像是失去一座根深的城。

台北於我而言是你的縮影，這裡到處都是你的影子。我們相遇的那一條街、在我宿舍外你總是等候的那個位置、半夜的陽明山夜景、騎車經過淡水的風景、圓山站排隊坐客運路牌、凌晨你陪我散步走過的中正紀念堂、那些滿是煙火氣的夜市、牽手走過的影城、騎腳踏車的河堤旁、看過演唱會的小巨蛋……太多太多了，你的身影，以至於我花了好長的一段時間，才能把你跟這座城市分隔開來。

我記得那個受你影響而不再晚睡的自己，那時的我看見十二點多就熟睡的你，漸漸也發現早睡不是一件那麼難的事。從不早起的我，會被你叫醒去吃早餐。我一直沒有吃早餐的習慣，你說一起吃早餐是件浪漫的事。

我記得那個從黑色洞穴裡走出來的自己，那時的我病了好長一段時間，一天一天的消瘦與哭泣，吃藥和暈眩，你開車帶我去看山、看海，你緊握我的雙手說，你會在洞穴外面等我，我要努力自己走出來，才能擁抱你。為了擁抱在那邊的你，我走出了我的陰霾。

我常常能記起那個和你在一起的自己，愛笑的、自信的、強大的自己，被愛的人身上總能找到一種驕傲，那是失去的人永遠得不到的底氣。

我嗒然若失地站在原地，每一次提起腳都像是原地踏步。

霎時間，那個對於愛充滿憧憬的自己被磨碎了，我不太確定自己還能不能意氣風發地面對世界和生活，也不太確定自己是否擁有癒合和重來的能力。你知道的，復原並不是一件簡單的事。

可現在看來，失去你又像是找到了更好的自己。

我沒有如期地癒合所有傷口，你仍然如同一條遺痕，覆落在我生命的軌跡上。我還是沒能戒掉熬夜的壞習慣，失眠症已像是寄生蟲那樣依附在我身上，但我不再為此感到難過，我利用許多個這樣無人照顧的夜晚寫字、寫詩，窩在被子裡看經典古老的電影，聽一些感傷的音樂，發現生活原來也可以很安靜。我不再需要你的陪伴，不再需要你的手一下一下輕拍我身上哄我入睡。我學會了自己關燈，閉上雙眼，不再浮現你的臉。

有好一些時間，我又生病了。可是我發現即使沒有你給的溫暖，我依然能戰勝我身上的黑狗，也仍然可以找到新的盼望走出黑色的洞穴；我還發現獨自擦淚不是一件那麼困難的事，我身體裡住著的那個強大的靈魂，與我一起分擔所有悲傷，快樂可能沒有那麼容易，但是悲傷也不再那麼頑固。

我的夢想也改變了。從前的我希望和你看遍世界上所有的海，去看海的盡頭。後來，我與不同的人去看海，發現每片海的碎濤都不盡相同，有些人適合相愛，有些人只能陪你看海。明白了那不過是一個失落的願望後，我給了自己很多很多新的嚮往和盼望，你看，我依然可以過得很好。

漸漸地，你成為了漬黃的舊識。

切斷了和你一切的聯繫後，我有了新的生活。除了一邊書寫著故事，我還決定去考研究所。不知道你知不知道，我寫的書登上了書店的排行榜，還考上了我想去的研究所。正如我預期的那樣，平平凡凡也有一些日常的浪漫。和很多新朋友相遇，和他們四處旅行，分享生命的經歷又能累積人生的回憶。一個人拍照、寫字、觀月、失眠，漸漸發現我再也沒有可想念之人。念念不忘確實是件難得的事，而我沒能對你做到。

後來我想起你，像是夜晚想起星星不過是幾億光年外的事情。靜悄悄的，沒有波瀾。

天空下起了雨，台北的天總是下著雨。我忽然想起你把東西送來我家的那天晚上也下起了大雨，我把我的東西從你家搬走，你說，我們談談。

你知道的，我一直想要當一個坦蕩利落的人，即使到了分開的時候。所以我說，沒有事情想跟你說了，你走吧。那是我們最後一次見面。

我覺得也挺好的，這樣你在我心目中就永遠都是那個樣子，那個在微微細雨中頂著一把傘，替我撐過許多黑暗的溫柔樣子。而我們也永遠停留在那裡，某一個時期，美好且閃亮的樣子。

就是這樣想起的，所以決定在最後的時候像是最初的那樣，給你寫一封沒有寄出的信。

你還記得嗎？那時候我氣喘呼呼地跑到你的城市，拿著手寫信站到你的面前，對你說「我們相愛吧」，說我要陪你走很多的路，要留下來陪你生活。現在想起來，真像是一幀童話的光影。

這一次，我不著急離開，我站在遠處，和你揮手，把你交還給未來。

願你一切安好，比從前好。

我走了。

2020.09.29 03:23

有時候許願
不是為了實現，
而是為了讓自己往前。

1

嚮往光，不是為了抵達光，而是為了讓自己一直在追尋光的路上。

2

每年最後一天過去之時，或是五月生日之時，我總是會許願。

這個世界對於許願這件事情，賦予著許多的嚮往。在生日許願，要記得不能把最後一個心願說出口，不然就不會實現。看見流星的時候許願，即使那不過是幾千年前浩瀚宇宙裡掠過的一粒星塵，對於人類來說都太不可思議了，神聖的東西值得被稱頌，所以我們要許願。偉大建築前通常都有個華麗的水池，卻稱作許願池，把硬幣投進去，在陽光照射進水面和硬幣互換光影的瞬間，我們要許願。還有很多，神社裡的繪馬、綁在樹上的絲帶、抓住一百架天上的飛機就可以許一個願、放天燈等等。許願是日常生活的一種儀式感，也像是一種對於未來的寄望。

我已經不太記得那些小時候許下的願望了。

在那些稚嫩的歲月，翻閱過多本童話書的我大概只許過「長大要嫁給王子」，喜歡電視劇的我好像也曾許過「要成為某一部劇的女主角」，喜歡喝珍珠奶茶的我也許過「全世界只剩下奶茶店就好了」，看小說《哈利波特》的時候許願「新學期收到霍格華茲的錄取通知書」，青春期的我學會暗戀之後許願過「成為誰誰誰的女朋友」，初次戀愛時傻傻許願「窮極一生只愛一個人」，在長大的過程中許願「要離開家」，後來十八歲第一次坐飛機時我許願「要買一架飛機」，大學時期的我還許願要「環遊世界」，看漫威電影時許願「求求超級英雄來拯救這個病態的世界」，太多太多了，要這麼數算的話，怕是到了河落海乾也沒辦法把一年裡許過的願全部說完。

我人生大部分的願望都沒有實現，我相信大部分的人也是，就如同被那顆流星帶到人類尚未探索的宇宙之外，也像是那枚「噹」一聲響亮地沉入水池底部，與其他千千萬萬枚硬幣埋沒在一起的硬幣，無人知曉那些我們許的願往哪裡去了。

可是又反覆地，新的一年，我們還是在許願。

辰宿列張，鶯飛草長，總會有那麼一顆星星能夠承載我的願吧。

3

我翻閱了從前的日記。

二〇一六年一月一日：也許為了誰也許為了自己，但無論是哪一個原因，都願你變成一個更善良的人。然後在愛裡，做自己。

二〇一七年一月一日：把所有過境的遺憾留在原地吧。祝好，願我們都能好好的，不用太好，不用過很好的日子，就這樣平凡的、溫柔的生活，不需要完美，不需要多優秀，平平穩穩地走長長久久的路。

二〇一八年一月二日：許個願，願自己依然懵懂，不懂世故，雖然受了許多的傷但還是要善良，雖然失去很多但還是要選擇相信。不用太好，慢慢的，就好了。只要慢慢地在變好的路上就夠了。

二〇一九年一月三日：新的一年，我不想許太偉大的願望，只願歲月有所回顧，只願來日有所盼望，踏實地成為自己喜歡的樣子。願你日日平安，朝朝歡喜。

二〇二〇年一月一日：我們來日方長，我們未來可期。在未來到眼前的時候，允許自己原諒所有過去，允許自己原諒所有揮霍。新的生活裡我不期望做得有多好，只願每個你都能成為舒適的自己。

好像大致也都差不多，沒什麼特別。

成長的另一面是變得現實，不再許關於英雄和魔法的願望了，變得樸實了，懂得了世界的規則，懂得許願的夢幻性，懂得了流星和硬幣不過是一些不切實際的東西。後來我的願望就變輕了，向前進步一點點就好，慢慢地變好就好，也不需要多好，就算是給自己一個念想，讓自己一整年都往前奔跑。

你看，或許許願一直都不是為了實現。

是為了給自己的生命留一束光。

你看看那裡呢，你看看你許下的那個偉大願望，你看看那顆星星，你看看那束光，只要那束光還在，無論匪朝伊夕，我就一直在奔往的路上。

4

더 좋은 세상을 위해.

為了更好的世界。

這是我前陣子看完的一部韓劇最後一集裡所說過的話。

——為了更好的世界。

是某個主人公為了一個正義的社會犧牲自己時在遺書裡寫的一句話。看起來就像是一個千萬顆流星滑過天際也承載不了的願望。

二〇一九年時，出版了《你的少年念想》，寫過青春的悸動也寫過童年的破碎，寫過許多來自生活的絕望，也許是某些熟悉藝人的離去，又或是一些天災人禍，是一群年輕人為了理想社會的堅持和抗爭，又或是平凡的、普通的、卑微的關於那些睡不著的夜晚。這些無一不是深深地打擊我。

那時候我說二〇一九年過得太漫長了，那些說好要好好活下去的人沒有繼續活下去，曾經笑得燦爛的人後來都哭了。

世界一直都是殘忍的。

抵達再多的遠方有什麼用，你依然沒辦法阻止 些壞事的發生，你依然會在望向世界的時候淚流滿臉。

總是毫無辦法的，只能盡力地懷抱一些不切實際的理念、寫著一些無病呻吟的文字，度過一個又一個沒有溫度的清晨。到最後發現，最難過的不是身陷痛楚而是無能為力。

為了更好的世界，善良的人犧牲了多少的身軀和鮮血去換來世界的一點往前，卻又在某些無人的角落裡被狠心的人強行拉著倒退。

二〇二〇年過去了一大半，日子總是悄悄地過。我彷彿又有點忘了今年的我在幹些什麼。想了一下才想起今年的我哪裡都沒去，像是凝結在某一個黑洞裡動彈不得，可是我也出了新書，也完成了研究所一年的學業。好像什麼都沒有改變，可是我知道這一切都在改變，變得不成樣子。

小時候覺得二〇一二年好遙遠，過了一個虛假的世界末日之後發現這些謠言都是假的，那時候聽五月天的《諾亞方舟》，腦中堆積著這輩子想要完成的事，或許真的沒有明天了，所以趕緊許願：我想擁有明天，我想當一名作家，我想成為一個優秀的人，如果有幸，我想登上神造的那艘諾亞方舟。那時候的我完全想像不到二〇二〇年的我到底長什麼樣子。可是二〇二〇年到了，抵達了當時我沒想像過的年紀，也確實成為了一名作家，我擁有了一些明天，我也許算是一個優秀的人。辦了幾場簽書會，出了幾本書，愛過幾個人，去過好多國家，拍了一些美好的照片。當然也有一些是沒有實現的，沒能嫁給我的偶像（笑），沒能登上月球，沒能買到飛機，也沒能環遊世界。

二〇二〇年的開始沒有應驗我的願望。病毒全球擴散、世界依然不公、叢林大火沒有止息、冬天氣溫持續變暖、物種開始滅絕、人類互相傷害。

想要變好，每個人都想要變好。

回看一月一日給自己許的願，明明我沒有許過「為了更好的世界」這樣的願望，可是為什麼還是會覺得難過呢。

那麼，擁有更多的盼望就可以了嗎。只要期盼著更好的世界來臨就可以了嗎。可是啊，沒有更好的世界了，不會有更好的世界，我們只能防止它變得更壞。

為了更好的世界。
像是一個來自天堂的美好願望。
可是，這裡是人間。

5

有時候許願並不是為了實現，而是為了讓自己往前。

也曾說過想要成為更好的人，卻也在晝夜顛倒裡丟失了清晨。也曾說不再回頭看，卻還是邊走邊頻頻回望。也曾說過要去熱愛世界，可是啊，還是忍不住唾棄無可避免的惡意。

在寫第三本書《你的少年念想》時，我信誓旦旦地說，下一本書不會再熬夜寫稿了。像是我們許願說這個人會是這輩子最後愛上的人那樣。可到了後來，下一本新書依然花費了我許多個清晨，緩緩地看著天亮起來，深黑色、深灰、灰色、淺灰，接著漸漸發白，像是天空沒收了夜晚。

所以說，有時候許願，不是為了要去實現。

可能有些願望是一輩子都不會實現的，可是許願依舊是件美好的事。
不過是想帶著一點光走下去。

不過是需要一點像謊言般甜美的東西支撐著，繼續遠赴山水萬程。
我靠著那遙遠的信念，就可以走過榮枯迭替的年月。

於是我們總說，會更好的，會過去的。
為了看到那一天的到來，你要好好的，要努力生活，要相信，為了更好的世界，為了更好的自己。

還是會許願，還是會許好多好多的願望，像以往的每一年那樣，會笨拙地數算從頭頂飛過多少架飛機，我還想要努力集滿一百架飛機來換取一次許願的機會，還會在吹蠟燭的時候悄悄地把第三個願望留在心底，經過許願池的時候還是會誠心地拋出硬幣，走進神社裡還是會用心去寫繪馬，每一種方式，每一個願望，都是我對未來的期盼。

即使我知道，有些事情也許永遠不會實現。

「可能有些願望是一輩子都不會實現的，
可是許願依舊是件美好的事。
不過是想帶著一點光走下去。」

活好自己，
再去熱愛世界。

1

二〇二〇年給自己許下的目標，是成為一個敢愛敢恨的人。

這比想像中的還要難，比成為一個溫柔的人還要難，比正視自己、正視所有傷口和恐懼都還要難。

怎麼說呢，就像是在見識許多黑暗和惡意之後還能保持著熱愛，不介懷難過和悲傷這種充滿稜角的情緒存在，不介懷遇見後的傷心和錯過，不介懷餘生滿腹遺憾，也不會因為一次的墜落就害怕飛翔。

可是敢愛敢恨並不是勇敢，不只是敢去愛、去碰撞、去飛，而是要敢恨。

坦坦蕩蕩地說恨，是件艱難的事。有時候被虛偽的善良束縛著手腳，所以沒辦法真誠地面對每一個人。我時常與友人們說笑，因為身為雙子座，所以有兩張面孔，你們看到的我，也許不是最深層的我。是的，我不敢，不敢露出自己的軟弱和醜惡，不敢落落大方地憎恨某些人或某些事，不敢坦率地掀開自己的傷疤，像是收到不好的成績單，掩掩藏藏地用手遮擋紅色分數那樣；為了息事寧人而選擇沉默和無視，心裡的委屈和不滿像是新衣服背後那翹起來的標籤，總是扎進皮膚，心裡對於這種細小的不適總是說沒關係，將就一下。

不敢，就是不敢說，我就是不喜歡，我就是討厭，我就是冷酷，又有什麼關係呢。即使我恨你，我也不用覺得抱歉，即使我不完美，也沒有關係。

我在前陣子的新書寫了一段自己覺得很溫柔的文字：「用盡所有的真誠去待每一個人，雖然有時候拋回到自己面前的是糟糕無比的東西，或是背叛或是捨棄或是利用或是揶揄，可是這也妨礙不了我去真誠地對待下一個人，下下個人，下下下個人。」

真誠地，不只是包含著敢愛，也同時包含著敢恨。

這成為了我新的目標。

回想過去的自己，或許多多少少談得上溫柔，可是很多事情的前提都是以不受傷為宗旨，不讓別人受傷，不讓自己受傷，不讓所有人受傷，於是在很多事情上，為了要防止一些心碎發生，總是會選擇讓步，假裝這是自己的溫柔和善良。

那是假裝的，我自己知道。

是為了避免一些遺憾和破碎，退而求其次的委屈求全，像是把某一部分的自己割捨下來以換回一些心安理得。最終，依然有一些遺憾和破碎，只是這些都是發生在我身上，而不是別人。

從前的那些我心目中所謂的好、所謂的溫柔，絕大部分都是用自己去換來的。

可是，這樣的溫柔和這樣的善良，並沒有讓我更加快樂。

我不知道這樣的自己，沒有快樂的自己，能不能算做溫柔，能不能還有滿懷的溫柔給予別人，能不能在餘生裡像寫下這些有用或沒用的文字那樣，去溫柔地對待每一個人。因為我能夠消耗的自己太有限了，而挖空自己去填滿別人，是件很痛的事。

2

在《想把餘生的溫柔都給你》出版後，許多人問我關於書中一篇關於莫妮的故事。大部分的人都在問，為什麼莫妮會與蘇尋分開呢？

我一直很想要與大家分享莫妮的故事，因而在另一本書《你的少年念想》裡也有一篇文章是莫妮的成長，述說是什麼讓莫妮逐漸成為一個擁有破碎靈魂的人。

莫妮是我創造出來的人物，如果兩本書你都有讀，大概能拼拼湊湊出她人生的故事。

在前一個章節，提到關於憂鬱症的一些事情，她在大學的時候生病了，但遇上了一個對她超級好的男生，叫做蘇尋。蘇尋對她極好，好到不得了，他知道她生病，後來也知道她為什麼生病。在那些她看不見光亮的時候，他細心照顧好她，成為她生命的光和支柱，給她愛、給她溫暖，給她活下去的希望。根據我寫的原文：「當時他只是想照顧好她，想要替她撫平那些傷口，想要替她擦拭那些源源不絕的眼淚，想要成為她的光芒，哪怕只是微弱的光，也希望自己能夠照進她漆黑的生命裡。」

蘇尋對她的好，莫妮是一輩子不可能還清的，她有時候想不開，會選擇自殺，拿著美工刀傷害自己時，他則會用力牢牢地握緊美工刀，在每個她痛哭的夜裡緊緊抱著她。他會和她說：「那麼我給你一個家。」他有時候也覺得和莫妮在一起其實很累很累，畢竟拖著一個毀壞的星球行走，有誰不累呢。可是沒關係，他依然願意陪她走進黑暗裡。他眼中的愛情，或許就是挖空了很多的自己去成就一段感情。

再後來，莫妮的病開始逐漸好轉，但後來莫妮卻離開他，他完全不能理解，我對妳那麼好，妳為什麼要離開我。我陪伴妳走過無數黑暗的日子，妳為什麼要離開我。

這也是後來很多很多讀者問過我的問題，為什麼莫妮會離開蘇尋。

不應該的啊，明明他就是她的救贖，可是為什麼，待她稍為病況良好時，兩個人卻分開了，這不應該是故事的結局，所謂的故事，應該擁有更美好的情節才對。

我想了很久，於是在《你的少年念想》裡寫了莫妮長大的故事，就可以在裡面尋找一些端倪。

莫妮有一個偏執症和佔有慾極強的母親，就是那種媽媽要她幹嘛，她就要幹嘛。在家裡，媽媽給了她無數的愛，在所有人眼中，莫妮是個幸福的女孩。有家人疼、有家人愛，生活從不缺些什麼，大大小小的事情都有人替她處理好。

可是沒有人知道她在家裡從來不可以關房門，每天寫完的日記第二天她會發現有人翻閱過的痕跡，她每天要按時回家，不能談戀愛，因為媽媽覺得全世界的男生都是壞人，都是來搶走她的女兒的人。媽媽喜歡紅色，所以總是給她買紅色的衣服，媽媽每天讓她喝牛奶到後來她有一次喝到吐了，漫長的人生裡都不能再喝牛奶了。媽媽不讓她出門玩，因為外面的孩子都是野孩子，她只能待在家裡。她沒有童年，但是媽媽卻總是對她說：「妮妮，妳是在愛裡長大的孩子啊。」

她每天和母親一起睡覺，她常常覺得，自己像是一個精緻的芭比娃娃，像是寵物。十五歲的時候她認識了好朋友蘇昀，那時候莫妮第一次看見世界的偏差，她原本以為全世界的家庭都是這樣的。卻因為好朋友的出現，她第一次知道自己的家並不正常。十六歲，莫妮戀愛了，是一個叫做許諾的男孩。然而母親用盡一切手段把她美好的初戀毀了，然後笑著對她說：「妮妮，媽媽是真的愛你。」

什麼是愛呢？莫妮總是在想。為什麼有些愛可以使人那麼疼痛和窒息呢，為什麼有些人的存在本身就能使她疼痛呢，為什麼她需要作為莫妮出生在這個世界上呢。莫妮不明白，人們說「愛」是一個偉大的字，在她的眼裡，這個字沉重得像是一個無窮無盡的黑洞，吸乾了她身上所有的生命力。

所以在很後來的日子，莫妮對於情感都是漠然的。太多了，因為承載在她生命中的情感太多、太沉重了，她沒辦法像是一般的人那樣和誰相愛，一旦有人對她好，她就會想起媽媽，直覺想逃，她覺得世上所有的情感都是沉重的。

有些情感，真的無時無刻都讓你窒息。莫妮就是在長大的過程中，一點一點地失去了心臟，靈魂一點一點地丟失和腐爛。

蘇尋很好，她的母親也很好，這些情感裡面從來都沒有不好的東西，只是她已經沒有更多的溫柔可以給予別人了，她需要去找尋一些東西，她沒辦法拖著毀壞的自己去愛一個人，她身上的洞太多了。

或許，這是她為什麼最後選擇離開蘇尋的原因。這也是她注定要一個人離開的原因。

或許這對於莫妮來說，是件好事。

我不知道，很多事情都沒有答案。

莫妮也不知道，因為她其實是我。

3

敢愛敢恨真的好難。

它難在於我們怎樣在別人眼中或者在世界中，成為自己，以自己本身的樣子示人，而不覺得羞恥和慚愧。

這也是成為自己，活好自己，最難的地方。

曾經我許願說要熱愛世界，包括想把自己的溫柔都給「你」，而這個你，或許是某個人，或者是某件事，或許是世界。但這種熱愛和溫柔，並不是強行的，不是掏空自己去成就的，也不是委屈求全的，而是真誠地，在我把自己活好了之後，足夠強大地去愛這個世界。

想了想我過去二十五年的人生，除了在喜歡許諾的時候敢愛敢恨過之後，就再也沒有了，再沒有為了誰而奮不顧身，也再沒有為了什麼東西而甘願捨棄一些什麼。大概就是在逐漸成為大人的過程之中，一點一點地認清了生命的本質，在對世界漸漸失望之中，丟失了許多勇氣吧。也許是這樣，所以拿著一層又一層的皮囊，無法活好自己的樣子。於是我決定，在我熱愛這個世界之前，先去學會熱愛自己。

4

想更新的一下關於莫妮的近況。

她呢，前陣子又病發了，身邊沒有蘇尋，沒有什麼人，也沒有了可怕的母親，她開始慢慢學習在黑暗的房間裡獨自療傷，獨自面對屬於自己的黑狗。

她還在努力地和過去的自己和解，和這個世界和解。

哦對了，前陣子，她終於和母親吵了一架，她好像開始能夠慢慢地訴說出自己的恨意了，這算是一次重要的達成吧。

我時常想，或許是時常替莫妮想。

如果在她成長的過程中，哪怕是一次，哪怕是一次也好，對母親坦露出任何一種她討厭這樣的教育方式，她討厭這樣的媽媽，在媽媽面前露出受傷又難過的表情，哪怕只是一次，最後她的人生會不會截然不同呢？

寫莫妮的故事，我總是許願，許願她能過上好的生活。平凡、普通、憨實，卻快樂。

所以我一直想要在未來的某一本書裡替莫妮寫一篇快樂的文章，不是關於憂鬱症的，不是關於病態的家庭，而是真真正正關於她的快樂，細小而平凡的日常，她的溫柔和浪漫。你說有可能嗎。

也許是因為我們都還沒能活好自己吧。

5

以前我一直覺得，成全他人是一件很溫柔的事，就像是割捨這個詞語一樣，需要拋棄一些什麼東西，才能成就自己的某個樣子。

在寫過一些快樂和悲傷的文字之後，我才知道，美好和溫柔不是什麼等價交換的東西，不需要這個世界上任何人的犧牲和交換。那是一種光的滲透，是海洋的覆蓋，是足夠強大的自己，可以為自己和別人去做的事。而這其中的任何一件事，我都不會感覺到痛。

於是，我寫下了這句話：「活好自己，再去熱愛世界。」

其實它的另一個意思是——

熱愛自己也是熱愛世界的一種方式。

去看一場萬物的生長，
去愛自己所有的模樣。

1

會有馬亂兵荒，也會有耀眼難忘。

2

每年的夏天，我都一定會去看海。

手機裡有八千多張照片。即使換了新手機也捨不得把照片刪掉，即使已經備份了也還是想要在隨手回顧的時候就能打開記憶的長廊，輕易地躲藏進那些美好的片刻裡。

這麼說的話，我記得每一片海的樣子，就像是記得每一次墜落的原因那樣，無以名狀的，如刻進身體裡的徽章，狠狠地紀念。

二〇二〇年是個停滯的年度，不只是這個世界，更多的是我自己，依然不斷地與自己拉扯著。意識混濁、模糊，雙眼慢慢失焦，光影在眼前晃動，在夢裡總是看見從前的自己。

我總是冒出一個念頭，已經故障的東西，會有修好的一天嗎？

我說我記不起上一次是怎麼重新活過來的，也記不得心臟跳動的感覺。室友說，我上次也以為妳要死掉了，但妳又很努力很堅強地好好活著。我問她，這次也會嗎。她說，會的。

我在意識遲鈍的夢境裡好像流了眼淚。

今年七月初，我和G去了綠島。

綠島真的好小，我們環島遊了三圈，看著一望無際的海洋，她問，海的遠方有盡頭嗎。我說，沒有。我曾經想要和所愛的人去海的盡頭流浪，後來發現，海沒有盡頭，我也沒有愛人了。

兩天的夜晚，我們騎著車去吹吹風。耳邊吹嘯而過轟隆轟隆的聲響，海聲隨浪一次一次地推湧和回溯，眼卻看不見海浪的翻騰，就像是我們都看不見別人心底的暗湧和狂亂那樣。月亮散出一輪黃暈，太亮了，站在沒有路燈的山頂，才勉強看到一顆微芒的星星。我在想，原來眼裡有太亮的東西，就會看不見原來的自己。我忽然有點失落，那顆星星需要多用力才能發出那一點點的光芒。

討厭下水的我居然答應要去浮潛。浮在海裡，看著海底的珊瑚和魚群，像是看見一個新世界。會不會其實還有很多不辨朝夕的快樂，只是我沒有勇氣去尋找呢。會不會還有很多明天等著我去抵達，只是我把自己綁在原地呢。會不會我還能好過來，只是我不相信呢。

陽光透過海面的折射，照出閃閃發亮的海光。

我和G坐在海旁，海的味道從沒有盡頭的遠方迸濺出來，青天白日，有風穿過我微卷的長髮，還記得我拿起手機記下這樣一句話——

去看一場萬物的生長，去喜歡自己所有的模樣。

3

二〇二〇年，在眾多難關及自我碰撞之中，出版了自己的第四本書。算了算，距離《想把餘生的溫柔都給你》已有兩年之多。有時候，我不敢回頭看自己從前寫過的文字，就像是深處的皮層，更像年輪一層一層地鍛造出我想要的皮囊，可是那些從前的文字，卻又像是從過去伸出一隻破爛的手，努力把我找回原來的位置，原來的樣貌，那個我怎麼都不會滿意的樣貌。

所以我鮮少回頭看自己寫過的文字，也不敢打開來看自己出版的書。

我想不是每一個人都能學會接受自己所有的模樣。

這是件需要學習的事。

成為作家是我十二歲時脫口而出的夢想，當時的世界於我而言很小很小，而夢想就是去做自己熱愛的事情，即使艱難和辛酸也要擁抱著熱愛，恣意奔跑。年紀不斷長成的過程中，才發現這個世界很大，夢想很小，現實很重，明天很近，沒有多餘的心力去緊握著一腔奮勇騰飛了。至今我依然覺得，能夠出書，實現自己的夢想，還能夠保持著熱愛，是件幸運的事。一直以來，我從不覺得自己是個幸運的人。七月從綠島回來辦了三場簽書會，看見許多人帶著明亮盼望的目光來看我、和我說話，那時我真的感謝上帝，感謝自己是個幸運的人。

在新書裡我寫了很多開心的、嚮往的、喜悅的、盼望的文章，同時也記錄了很多頹廢的、傷心的、失落的、心碎的故事，每一次我都在想一個問題，也相信這個問題是很多人自問過——我到底是什麼樣子的人呢？我是樂觀的人還是悲觀的人，我是快樂的還是悲傷的，我是優秀的還是頹廢的；我好像有很多不同的樣子，但那個真正的我，又是什麼樣子的呢？

我相信每一個人，都擁有不同的面向以及不同的身分。

像是作為不朽的我，作為泰勒的我，作為本名叫做李明慧的我，作為喜歡偶像的一個小粉絲的我，作為一個讀編劇研究所的我，作為一個長年離家在外生活的我，作為一個在爸媽心目中很成熟的我，還有在朋友面前瘋瘋癲癲的我，都有深淺不一的皮囊。

4

或許，在不停殘酷生長的我們本身，就有大相徑庭的樣子。

5

幾個月前，我在一場校園演講裡，講到了很多關於自己的迷茫，過去的、現在的、甚至是關於未來的許多形形色色，陳陳列列。解決好的或是解決不了的，有些不知所措是面向自己的，有些是面向生活或者世界的，投遞出去的問題，許多都丟失在路上，也找不到所謂的答案。可是我說，有時候我們問問題，並不是為了答案，而是為了讓自己更加勇敢。

其中我講了關於「不朽」這個身分。

我說「不朽」是我的自負，也是我的自卑。

它是我的夢想，是我的海岸，是我存放所有美好和陰暗的地方，是我心臟的悸動和跳動，是攏住所有時光的寶藏盒子。但它同時是我的自卑，我常常無法去正視它。

很多時候，當別人問到我的職業，我都沒有辦法開口回答，無法直率說出「我是一名作家，我叫不朽」這樣的話，即使我跌跌撞撞也出三四本書了，即使我已經經歷很多訪問、講座、簽書會等等，我仍然沒辦法游刃有餘地承受這個身分。

文青、網紅、網路作家，像是一條一條負面標籤，我想要把它們隱藏，想要急著和這些條目扯開關係。有人會喜歡你，有人會討厭你；有人會追捧你，也有人會中傷你。在見証過網路言論的可怕和惡毒之後，我再也不敢去看關於自己的消息，不喜歡自己成為別人討論的中心，不喜歡承受任何人的目光，於是，當有人問我是做什麼的，也只能笑得得體地說

「啊，我從事出版相關事業」。

喜歡自己，要喜歡自己啊。

作為不朽的我，需要在人前得體的講話，需要用燦爛的笑容去跟每一位讀者打招呼，需要為自己講過的、寫過的文字負責任，需要站在大眾的、世界的面前，這不僅僅是我十二歲的夢想了，不僅僅是我的熱愛了，它有了重量，有了醜惡，也有了軟肋。一個接著一個，那是從前單純的自己想都沒思考過的問題、十字路口，每個岔處都像是死胡同，需要踩著許多銳利的碎石硬撐過去，才能走向未來，並且沒有回頭的路。

我其實一點都不喜歡自己的文字，矯情造作，像極一個幼稚的孩子，好像是為了某些東西找出口那樣，我不喜歡，一點都不喜歡。在承受很多人的喜歡的同時，心裡的巨大部分都在擔心，覺得那不是自己應得的，那是我在預支著很多人的喜歡。看到有人討厭自己的時候，就會像是某些不堪被掀開，赤裸裸地攤在大家面前，我只能漲紅著臉然後急著修修補補自己的破爛。

太卑微了，好多時候說著要坦蕩的自己，真的太卑微了。

可，那是一部分的自己，不是嗎。

十五歲寫十五歲能寫的文字，這些生澀、幼稚、不成熟，現在回頭看高中寫過的東西，都不堪入目，想要盡全力去毀滅掉所有的黑歷史，可是啊，那是只有十五歲的我才能寫出來的字。像是現在我重新翻看自己的第一本書《與自己和好如初》時，渾身都尷尬，想要拿起紅筆醒目地標記起我所有的不甘願，可那確實是二十一歲的我，二十一歲最真切的我。現在的我二十五歲了，再也寫不出那樣的文字了，再也寫不出二十一歲的倔強和銳利了。所有的不堪是不是也代表著某一個時光裡的自己呢。

喜歡自己，要喜歡自己啊。

現在依然有很多關於我的議論，但我不再敢去看那些關於自己的消息，文學和非文學的爭議，大眾與小眾的爭議，太多太多閒言與碎語，太多太多我承受不來的聲音，我只想持續做著熱愛的事，寫著一些不中用又矯揉造作的文字，偶爾寫到一篇自己覺得不錯的文章時，心臟會咚咚地跳動，彷彿可以看見自己眼中的光。而那一抹光，是很久以後都能從回憶裡照亮著那些沒有燈的夜晚的盼望。我，只想做個這樣的人。

可以嗎，學會喜歡自己。

6

相比起不朽，我喜歡大家叫我泰勒。

曾經有讀者問過我為什麼。我說不朽是我生命中一個重要的軀殼，但泰勒卻是我本身，是我這個人最深層的那個靈魂。

作為泰勒的我，是古靈精怪的，是善言的，是機靈的，是愛笑的，是個擁有如刀刃和刀背般極端的雙重人格的女孩。而在沒有人看到的地方裡，會因為失眠而歇斯底里，會因為生病而對世界絕望，會因為一點點小事就躲起來不想面對這個世界；書裡有很多很多的文章，在書寫的那個當下，我的樣子都是不同的，寫到在日本看見鐮倉的海時，雙眼都是閃閃發亮的，帶著柔光去看這個萬千世界；寫到我離開家展開獨居生活的時候，滿腔的孤勇和果敢，奔往更大的世界時努力地往前衝；寫到我去考研的時候，日日夜夜的奮鬥和努力，以及考完出來時被自己感動到熱淚盈眶；寫到我生病、失眠的時候，縮在房間的一角，整個世界都是灰濛濛一片。

許許多多不同的片刻，許許多多不一樣的我。

可是寫了那麼多文字，到最終我明白了，泰勒是我，不朽也是我。

7

原來我們永遠不止一個樣子，就像是天上的流雲一樣，隨著時間，隨著風向，隨著漂流的日子而改變，變換成不同的形狀，不同的樣貌，而每一個樣貌的自己，都是真實，都是透澈的。

當我終於不再糾結什麼才是自己真正的模樣，喜不喜歡自己變成了人生一個很巨大且重要的作業。我相信即使了解到自己全部樣子的你，也不可能真正喜歡全部的自己。每當我睡不著，每當我好像又要生病，要變回那個失色的、暗淡的泰勒時，我都好討厭自己這個樣子。這些年來，我為了成為想要成為的樣子，付出了多少的努力，熬過多少的難關才可以有那個明亮的、閃亮的樣子，又要怎麼去接受那個不這麼光彩的自己呢？

你知道嗎？

深夜的海和陽光底下的海，有多麼的天懸地隔。

在日輪西垂之前，陽光打在海面上，疊湧的海浪一下一下推洄如萬河歸海，那樣不同深淺的藍，明光鋥亮，好像告訴你所有的悲傷都能溶解進海的偌大裡，你能肆意把傷心投遞進去，閃亮的海能療癒所有的不快，撫平你所有的裂痕。

那你看過冬天凌晨的海洋嗎？

黑潤的海浪不斷地翻騰，像是不能見光的野獸無可遏止的低吼，極目望去，全是破碎的，悲戚晦暗的，風逆潮聲，月朔底下像是有誰在悄悄哭泣，沒有休止地崩毀。

可是你不能說它不美好。

就像萬物的生長，無論是哪一個模樣，你都不能說它不美好。

原來一直都不是別人喜不喜歡自己的問題，而是你喜不喜歡自己的問題。原來不是自己的模樣夠不夠美好的問題，而是有沒有去善待自己所有模樣的問題。

當我燦爛笑著的時候，當我悲傷退縮的時候，當我意氣風發的時候，當我快樂或悲傷或完整或破碎的時候，當我回頭望那些一路走來的彎路和泥濘的時候，有沒有好好善待和感謝每一個階段的自己，每一個面向、每一個模樣的自己。

這個世界不僅只有美好的一面，同樣也有黑暗的、暗淡的樣子，就像是我們每個人本身。

8

一些年月過去了，日夜熙往。

從出版第一本書到現在，《想把餘生的溫柔都給你》的十二萬冊，從開始在網路上創作，追蹤人數三百人，到後來的三十萬人，我依然不斷地在生長，像世間萬物的盛放那樣。我依然在不卑不亢的道路上努力喜歡著自己，書寫著一些時好時壞的文字。

我仍然對「不朽」這個身分既自負又自卑，也繼續做著自己熱愛的事，想要盡一點星星之火的能力去帶給世界很微小很微小的溫暖。付出了很多努力，這些努力都跟好與不好沒有關係，這跟我喜不喜歡這本書的自己，喜不喜歡這個時光裡的自己有關。

我知道路很長，所以我還在走。

你要相信時間，
我們總會抵達明天。

我記得《想把餘生的溫柔都給你》的第一場簽書會，講到了：「我認為能夠給別人溫柔是足夠強大的人才可以做到的事，我不僅可以溫柔自己，甚至強大到可以把溫柔都給你。」其實，這句話就是書名的全意了，我許願著——有一天，我可以強大到把溫柔都給別人。於是書名裡的「你」，一直是個虛幻的名詞，沒有實指的人物，沒有投映的對象，或者更加準確的說，是餘生裡的某一個你，世界裡的某一個你。

這是一本為我自己寫的書，在截至二十二歲前，我將人生中最重要的六個關鍵字提了出來，寫下那些深刻的感受，儘管這些文字未必那麼善解人意或霜花如刻，可是它們都代表我，代表著自己歲月裡的某一種痕跡，時間從我身上躡過的痕跡。想到這裡，我就想在十二萬冊紀念版本裡，加進「自己」這個關鍵字。因為這一切都是關於我的。

書裡寫到的青春，讓人怦然心動的初戀、許多次離鄉與出走的旅程、與一些人的相遇與失去、在時間裡感受到的殘忍和感動，以及我認為餘生裡應該有的一些浪漫和盼望。最後新加入的五篇，補全了這本書首版初刷到四十四刷為止的時間，在生活裡東奔西跑的過程中，受到的一些崩傷和仰望。

於是我走在了那時沒有想像過的明天，抵達沒有盼望的遠方。

生活不曾停息，一路馬不停蹄。

被時間追趕到明天，一點一點。有時候走得快，有時候走得緩，可是當我過頭看，我發現自己已經在這樣不斷迎面而來的明天裡，走了好遠。

遠到我已經開始有點記不清最初的自己，也遠到我再也沒辦法沿路折返回到最原始的起點。同樣地，遠到我已經超越了從前自己的夢想，也遠到比曾經的自己更加勇敢和堅強。

我不知道現在的我是否已經足夠強大到能夠把自己的溫柔都給別人，但是我能確定的是，我一定已經比初刷時候的自己更加強大，經歷了更多的事情，走過更多硌腳的石路，遇到過更多不同色彩的人，在屬於自己的故事本裡，寫過了更多深深淺淺的文字。

我記得曾經有人問我，為什麼要選「餘生」這個詞語？因為通常講到餘生，都是負面的，是剩下來的，是差不多已經走到盡頭的。

當時，我是這樣回應的：

在我活過的歲月裡頭，有一段很黑暗的時間，如身在岑壑深谷，沒有光彩，沒有活力，明明知道自己活著可是卻感覺不到心跳，明明用盡了力氣卻還是沒辦法奔跑。在這樣的日子裡，我從來不期待明天，我覺得未來太過於模糊而巨大了，所謂的餘生裡淨剩下不好的念頭，又要我怎麼繼續往前走。

於是我把生活的目標放在「明天」上，不要去想遙遠以後，不要去想久遠的未來，先想好明天，先過好明天，那麼一天一天的，就可以累積成數不盡的餘生。

一瞬間，餘生這個詞語變得好浪漫。

所以我喜歡餘生，我雖暫且不知道餘生是短暫還是漫長，可是我想去喜歡餘生，讓它不那麼沈重，不那麼邈遠，它就在眼前，就在明天。

在所有三個字的情話裡，我最喜歡「明天見」。

或許今天的我很痛苦，或許我對於人生、對於世界沒有任何的期望，或許每分每秒太多的遺憾無法填滿，可是至少在一句「明天見」裡，能夠讓我活過了今天。

就像是太宰治在書裡寫到：「我本想這個冬日就死去。可最近拿到一套鼠色細條紋的麻制和服。是適合夏天穿的和服。所以我還是活到夏天吧。」

明天見，然後又是下一個明天見，然後在更多的明天見裡，慢慢地堆疊成餘生這個詞語。

現在，我抵達了很久以前我從沒想像過的明天。

十二萬冊的紀念，我想把它獻給每一個深邃的夜晚，每當你看到這裡，你都要記得，你要相信時間，相信自己，相信人間所有世俗的祈願，相信明天。

餘生之後，還要繼續義無反顧地往前走。

不朽

2020.11.01 04:01 TAIPEI

想把餘生的溫柔都給你

【12萬冊紀念版】

作　　者 | 不朽
發 行 人 | 林隆奮 Frank Lin
社　　長 | 蘇國林 Green Su

出版團隊
總 編 輯 | 葉怡慧 Carol Yeh
主　　編 | 鄭世佳 Josephine Cheng
責任行銷 | 朱韻淑 Vina Ju
封面裝幀 | 張巖 Yen Chang
手寫字體 | HSU
內頁設計 | 黃靖芳 Jing Huang

行銷統籌
業務處長 | 吳宗庭 Tim Wu
業務專員 | 鍾依娟 Irina Chung、李沛容 Roxy Lee
業務秘書 | 陳曉琪 Angel Chen、莊皓雯 Gia Chuang

發行公司 | 悅知文化　精誠資訊股份有限公司
105台北市松山區復興北路99號12樓
訂購專線 | (02) 2719-8811
訂購傳真 | (02) 2719-7980
專屬網址 | http ://www.delightpress.com.tw
悅知客服 | cs@delightpress.com.tw
ISBN：978-986-510-081-0
建議售價 | 新台幣340元　　二版一刷 | 2020年12月　　二版29刷 | 2024年08月

國家圖書館出版品預行編目資料

想把餘生的溫柔都給你／不朽著. --
二版. -- 臺北市 : 精誠資訊, 2020.12
面；　公分
ISBN 978-986-510-081-0(平裝)

855　　109017960

建議分類 | 華文創作、散文